KB042868

을유세계문학전집 · 128

# 격정과 신비

FUREUR ET MYSTÈRE

르네 샤르 지음 · 심재중 옮김

❖ 을유문화사

옮긴이 **심재중**

서울대학교 불어불문학과를 졸업하고 같은 대학 대학원에서 문학박사 학위를 받았다. 「르네 샤르, 역설의 시학」(학위 논문)을 비롯하여 르네 샤르 및 프랑스 시인들의 시에 대한 논문을 여러 편 발표했고, 『문학 텍스트의 정신분석』(공역), 『영원회귀의 신화』 등 다수의 번역서를 출간했다. 현재 서울대학교, 가천대학교 등에서 강사로 재직하고 있다.

**을유세계문학전집 128**
격정과 신비

발행일 · 2023년 7월 25일  초판 1쇄
지은이 · 르네 샤르 | 옮긴이 · 심재중
펴낸이 · 정무영, 정상준 | 펴낸곳 · (주)을유문화사
창립일 · 1945년 12월 1일 | 주소 · 서울시 마포구 서교동 469-48
전화 · 02 -733-8153 | FAX · 02 -732-9154 | 홈페이지 · www.eulyoo.co.kr
ISBN 978-89-324-0521-6  04860    978 -89 -324 -0330 -4(세트)

# 차례

# 이 책에 포함된 시집들


『유일하게 남은 것들』

『히프노스 단장』

『당당한 맞수들』

『가루가 된 시』

『이야기하는 샘』

# 1967년판 서문[*]

『격정과 신비』(무엇에 대한 격정 또는 분노인가?[*] 무엇의 신비인가?)는 르네 샤르가 1938년에서 1947년 사이에 쓴 시들의 상당 부분을 모아 놓은 시집이고, 그중 많은 시가 이미 단행본으로 발표되었던 것들이다.[*] 대략 10년의 세월이니, 결코 무시할 수 있는 시간이 아니다. 요컨대 이 시집은 그의 시의 중간 결산인 셈이어서, 우리는 이 시집의 여러 시편을 통해 르네 샤르라는 시인을 알 수 있을 것이고, 또한 10년의 시간에 걸쳐 있다는 점에서 그의 시의 주요 테마와 주제들, 기법의 다양성을 따라가 볼(새롭게 발견할) 수 있을 것이며, 시간과 함께 그의 시적 영감과 표현이 변해 왔는지 아니면 다지고, 반추하고, 수정하면서 그 아름다움들을 제시해 왔는지 판단할 수 있을 것이다…….

『격정과 신비』의 서두를 여는 『유일하게 남은 것들』에서부터 『히프노스 단장』을 거쳐 마지막의 『이야기하는 샘』에 이르기까지, 시의 형식들은 동일하다. 길거나 짧은 산문시, 격률(格律)(혹은 아포리즘)풍의 산문, 절(節)과 연(聯), 반해음(半諧音)이 사용되기도 하고 아니기도 한, 행의 분량이 고르지 않은 연들로 나누어진 시, 자유시 형태의 이행시와 삼행시와 사행시,

시각적 표기상의 일정한 효과를 내는 불규칙한 행갈이 등이 그렇다. 거의 언제나, 섬광 또는 거친 호흡이다. 예외라면, 르네 샤르가 겸손하게 "메모"라고 부르는 『히프노스 단장』이 있다. 그는 1943년과 1944년 사이에, 알렉상드르 대위라는 이름으로 레지스탕스 활동가가 되어 투쟁하던 시기에 그 메모들을 썼다. 그 단장(短章)들의 모음에는 숨막히는 시가 아닌 것이 아무것도 없지만, 그 어떤 글도 시는 아니다. 형식을 갖춘 운문은 전혀 없다. 아마도 위험과 일상적인 죽음의 상황 속에서, 시인에게는 행간에 여백을 나누고 배분해 가면서 시를 쓸 경황이 없었을 것이다. 그러나 『히프노스 단장』도 오로지 형식의 측면에서만 예외다. 소음과 분노로 가득한 그 단장들을 통해 우리가 분명하게 확인할 수 있는 것은, 프랑스를 점령한 독일군의 도발에도 불구하고, 『유일하게 남은 것들』을 쓴 그 이전 시기나 『이야기하는 샘』을 쓴 종전 이후의 시기에 비해, 그 시기의 르네 샤르가 특별히 더 많이 저항하고 더 많이 항거한 것은 전혀 아니라는 사실이다. 다정다감해서 고통스러운 시인, 성마르고 불끈하는 기질의 시인, 인간의 현재와 미래에 대한 염려로 전율하면서 심장에 극심한 고통을 느끼는 시인, 인간의 위대성을 선언하면서 그 옹졸함을 고발하고 비난하는 시인인 르네 샤르는 세계에 대한 암울한 전망에 사로잡힌 시인이고, 그 암울한 세계 전망에 전쟁의 참화와 파렴치가 특별히 더해 준 것은 별로 없다. 그는 『히프노스 단장』에서 매복 중에 콜트 권총 한 자루를 쥐고 있는 자신을 묘사한다. 사실 그의 손에는 그 권총이 언제나 들려 있었다. 경탄과 위안의 감정을 느끼면서 사람들, 짐승들, 사물들을 찬양하는 평온함의 순간들 사이사이로, 르네 샤르의 세계는 근본적으로 묵시록적인 세계임이 드러난다. 어휘들, 이미지들에서 그 증거를 찾을 수 있다.

우리는 뒤에서, 『격정과 신비』에 실린 시들이 어떤 점에서 시집 제목의 첫 번째 단어인 **격정**(또는 분노)에 부합하는 시들인지 확인할 수 있을 것이다(신비는 르네 샤르가 지치지 않고 끊임없이 질문하는 시의 신비일 것이고, 또한 인간 본성의 절반쯤은 빛에 부합하는 소질과 기품으로 둘러싸여 있음에도 불구하고, 자기 내부에 자리한 어둠과 죄악을 떨쳐 버리지 못한 채 오히려 더욱 심화시키기만 하는 사람들의 고약한 집요함의 불가사의일지도 모른다). 중요한 것은, 우선 약 100편의 시를 통해, 그리고 예로 들 수 있는 구절들이 족히 50개는 되지만 그중 눈부시게 명명백백한 대여섯 개의 예증만을 발판으로 삼아, 르네 샤르 시의 전체적인 윤곽을 그려 보는 일이다. 그러고 나면 그의 묵시록적인 전망이 의외로 느껴지기보다, 오히려 우리에게 시인 르네 샤르의 존재를 확인시켜 줄 것이다. 『격정과 신비』의 독자들은 그 시집의 어휘들을 통해 필경 단호하고, 힘차고, 예민하게 들끓고, 조바심으로 팽팽하게 부풀어 오른 인간(시인), 엄청난 동물적인 힘을 지닌 인간의 초상을 발견하게 될 것이다. **부동 상태**(다시 말해서, 수락, 현상 유지, 체념)보다 그를 더 들끓어 오르게 만드는 것은 없다. 바로 이 점이 **운동**과 관련된 그의 숱한 어휘들과 이미지들을 설명해 준다. 그 운동은 부드럽고 은

근한 운동이 아니다. 빠르고, 강하고, 격렬하고, 난폭하기까지 한 운동이다. 예를 들어 보자. "그가 자기 몸속에서 여행의 강렬한 전율이 전기처럼 **솟구치는** 것을 느끼게 해 달라." 같은 시집의 "네 어깨에서 암묵적 교감이 **솟아올랐다**." 그리고 "그들은 자신들의 미래의 나라에 앞서 오고 있었고, 아직 그 미래의 나라에는 이제 막 노래를 시작한 그들의 **화살** 같은 입밖에 들어 있지 않았다." 또 다른 시의 "땅이 그 무지몽매한 괄호 밖으로 **분출한다**." 시인은 자신에게, 그리고 우리에게 다음과 같은 소망을 피력한다. "**도약**에 속할 것. 그 뒤풀이인 향연에는 끼지 말 것." 『히프노스 단장』의 "내가 법을 **폐기**했고, 도덕에서 **벗어났고**, 마음의 그물코를 **기웠다고**"라는 구절. 그리고 "우주적인 힘의 **여정**". 이것들은 숱한 사례들 중에서 고른 몇몇 예증일 뿐이다.

엄청난 조바심. 현자와 시인들의 경고에도 불구하고 줄곧 맹목적이고 파괴적인 흐름에 휩쓸려 가는 사람들을 목도하면서 느끼는 당혹감, 두려움, 격한 분노. 콜트 권총의 은유는 바로 거기에서 비롯된다. 되넘겨 줘야 할(건네줘야 할, 나누어야 할) 힘 또한 그렇다. 세상의 정경, 땅과 하늘에 있는 사물들의 정경, 대지 위의 사람들의 정경 앞에서 진저리를 치는 사람 또한 그렇다. 그 진저리를 과장하고 부풀리는 사람도 마찬가지다. 기질적으로, 르네 샤르는 발작적이고 극단적인 이미지들, 뜨겁고 혈기 넘치는 묘사, 적대적인 색깔들의 충돌, 거석문화를 닮은 풍경, 분출하는 화산, 살육의 프레스코, 개인적 범죄, 집단 학살, 고통받는 얼굴과 신체, 총체적 적대 행위, 고통과 살인으로 얼룩진

중세 시대에 어울리는 시인이고, 그런 점에서 부드럽고, 평온하고, 평탄한 일쉬르소르그와는 정반대의 시인이다. 과수원들, 강, 토마토와 아스파라거스가 있는 그의 고향 일쉬르소르그에 서라면, 우리도 시인 자신도 사소한 일화들에 대한 애착에 이끌려 그의 작품을 유폐하고 싶어질 것이다.

이런 판단을 입증해 주는 예들 또한 차고 넘친다.

"대장간의 벌겋게 달아오른 진흙"

"금속의 얇은 어둠을 터트렸다."

"작열하는 제 격정의 모루 위에 햇빛이 너를 붙잡아 두기를!"

"푸른 벼락 같은 강, 오래된 범죄들로 흉터투성이인 강"

"해묵은 구름이 싸움을 벌이는 바람의 연간年間"

"나는 잠시 대홍수의 삽에 기대어……. 내가 흘리는 검은색 어린양의 땀방울이 야유를 부른다."

소르그강江의 루이 퀴렐: "목에는 목걸이처럼 형벌의 갈고리를 건 채"

"뒤늦게 온 반지, 불과 노쇠함이 포화 상태에 이른 피티의 기사단에 꼼짝없이 둘러싸인 반지여"

"학대당한 너희들[아이들]의 피", "너희들이 솜털 같다고 말하던 하늘, 너희들이 그 은밀한 욕망을 드러나게 하던 **여인**이 벼락으로 차갑게 얼어붙었다. / 징벌하라! 징벌하라!"

"나는 **반격했다**. 살상이 너무 지척에서 벌어지자 세상은 스스로 더 나아지기를 원했다. 사다리 공격에 돌파당한 적이 없는 내 정신의 무월霧月이여, 텅 빈 양우리에서 누가 총을 쏘는가?"

"박해당한 희생자들의 피라미드가 대지에 들러붙어 있다."

"불시에 죽임을 당한 혜성, 너는 피 흘리며 네 시대의 밤을 막아설 것이다."

"오늘 나는 (…) 나무에 묶여 있는 미친개 같다."

"끄나풀의 얼굴을 한 인간이 도처에서 소중한 아름다움을 종창으로 부풀어 오르게 했다.(…) 등 굽은 늙은 피여,"

"자라나는 햇살은 / 뼛속 깊은 곳에서 찢어지는 구름보다 더메마르고 난공불락입니다."

그리고 계속해서 똑같이 경련하듯 발작적이고 눈부신 잉크로 써진 증거 자료들.

묵시록적 전망, 압제에 대한 증언과 고발이 르네 샤르의 전부이기 때문은 아니다. 정확히, 그의 시는 반(反)-압제다. "반(反)-압제는 서서히 안개가 차오르는 저 골짜기고, 동력을 잃은 한 무리의 불화살들처럼 나뭇잎들이 덧없이 바스락대는 소리고, 잘 안배된 저 중력이고, 밤의 부드러운 외피 위에 무수한 줄을 긋는 짐승들과 벌레들의 저 희미하고 조심스러운 왕래고, 애무하듯 얼굴을 스치며 움푹한 볼 위에 붙은 저 개자리 씨고, 절대로 화재로 번지지 않을 저 달의 불빛이고, 우리는 그 의도를 알 수 없는 아주 미세한 내일이고, 미소 지으며 몸을 숙인 다채롭고 선명한 빛깔의 상반신이고, 몇 발자국 거리에 웅크린 채 자신의 가죽 벨트가 끊어질 것 같다고 생각하는 말수 적은 동료

의 그림자고……. 그러니 악마가 우리와 만날 약속을 정한 시간
과 장소가 아무려면 어떤가!" 그의 시는 브네생 백작령*과 그 오
래된 집들이고, 소르그강이고, 방투산(山)이고, 루이 퀴렐*의 마
음을 닮은 사람들이고, 자음압운이고("개자리 같은 네 목소리
속에서 시합을 펼치는 새들이 가뭄 근심을 쫓아 버린다.")*, 더
나아가 절대적 단순성 안에 있는 절대적 아름다움이다. "아름
다움이여, 나는 차가운 고독 속에서 너를 만나러 간다. 너의 등
불은 붉은빛이고, 바람은 빛난다. 저녁의 문턱이 움푹하게 파인
다." 이런 구절도 있다. "오늘 저녁 새들의 마을 하나가 / 아득한
높이로 환호작약 지나갑니다." 산맥의 응달진 북쪽 사면이 있으
면 양지바른 비탈이 있고 고압 전류가 있으면 저압 전류가 있듯
이, 성스럽고 벼락같은 분노는, 분노와 똑같은 열정으로, 좀 더
차분하고 덜 격정적인 시선, 눈앞의 정경에 맡겨진 것 같은 시
선을 불러온다. 또한 반(反)-압제는 악행과 범죄의 메마른 바람
이 휩쓸어 가는 시집의 도처에서 여전히 집요하게 흐름을 이어
가는, 순수에 대한 희망, 순수에 대한 큰 꿈이다. 잘 알다시피,
오늘날 휴머니즘은 그다지 상태가 좋지 않다. 자신의 서원(誓
願)과 행동을 통해 "품격을 되찾은 인간"을 호명하면서, "운명
의 길들여지지 않는 대항마인 희망으로 자기 운명을 따돌리려
고 안간힘을 다하는" 르네 샤르는, 자신의 본보기와 말을 통해,
너무나 (비)인간적인 상황을 변화시키는 것을 시인의 사명으로
규정한다. 휴머니즘을 확장, 확대, 범람시키는 방향으로의 변
화. 그는 이렇게 말한다. "창조의 경제를 넘어서고 행동의 피를

강대하게 만드는 것". 그는 경제라는 단어(와 그 지시 대상)를 몹시 증오하는 것처럼 보인다. 격률풍의 섬광으로 번뜩이는 그의 성찰, 인간의 비밀에 대한 그의 성찰은 세계의 비밀에 대한 명상과 잇닿아 있고, 그 비밀에 대한 "의식(意識)"이 "여명" 속에 시작되고 있다는 사실이 우리 앞에 드러난다.

마지막으로, 시적 아름다움이 있다. 절박한 서원, 신탁, 긴급한 부름, 기원(祈願)과 호소의 시적 정취가 그의 시가 지닌 숭고함과 고귀함을 전혀 훼손하지 않으면서 그의 시에 친근감을 부여한다. 잘 알다시피, 샤르 시의 그런 시적 아름다움은 특히 과감한 생략과 압축, 간략하고 간결한 표현에 있다. 나로서는 제대로 설명하기 어려운 어떤 역설에 의해, 단연코 웅변적인 르네 샤르의 언어는 궁극적으로 "가루가 된" 시, 조각나고 산산이 부서진 시, 섬광처럼 번쩍이는 무수한 운모 가루, 또는 "군도(群島)"를 이룬 말, 페이지의 흰 바다 위에 작은 섬들처럼 흩뿌려진 밀도 높은 아포리즘들로 귀결된다. 그러나 샤르의 시, 그 시의 독창성과 아름다움의 바탕을 이루는 것은 은유다. 그 은유는 직유로 표현되는 법이 거의 없다. 그의 시에서 '-처럼'이라는 (직유의) 접속사는 열 손가락으로 꼽을 수 있을 정도밖에 없다. 예컨대 이런 식이다. "우리 고통의 쓰라린 능선…… 의식의 여명…… 햇빛 물레방앗간…… 기억의 길들…… 매복해 있는 난데없는 재앙들…… 가혹한 시련의 보시(布施)…… 새들의 볼모인 샘들…… 순결무구의 단단한 씨…… 춘분의 손잡이……" 오늘날의 시인들 가운데, 르네 샤르는 가장 탁월한 '말 중매쟁이'

다. 음색이나 의미 차원에서 서로 조화를 이루기가 몹시 어려워 보이는 단어들, 각각의 성질에 비추어 볼 때 운명적으로 절대 함께하는 것이 불가능해 보이는 단어들을 서로 중매해 주는 솜씨가 그렇다는 말이다. 르네 샤르는 구체와 구체, 구체와 추상, 추상과 추상을 나란히 병치시켜서, 그 단어들로 하여금 완전히 새로운 섬광을 발하게 만든다. 그 섬광 때문에 우리의 일상적 지각은 파탄 지경에 이르지만, 일상적 지각의 잔해 더미 위에서 새로운 햇빛이 빛을 발한다. 우리는 이제 르네 샤르의 또 다른 야심, 앞에서도 언급한 바 있는 또 다른 희망을 이해할 수 있다. 우리가 말을 가지고 할 수 있는 것을 사람들에 대해서는 왜 해낼 수 없겠는가 하는 야심 또는 희망.

  뭐 하러 숨기겠는가? 솔직히, 그의 시는 쉬운 시가 아니다. 그 시의 어려움은 우리 내부에 자리 잡고 있는 세상을 보는 낡은 습관 그리고 그 습관의 끈질긴 저항의 강도에 비례하는 어려움이다. 르네 샤르의 시는 말과 세계의 유년이다……. 우리 내부에서 낡은 둑과 나태한 상상력이 무너져 내리는 것을 느끼려면, 조금씩 조금씩 그의 시를 읽고 다시 읽어야 한다……. 그의 시는 역사와 전설 속의 약속의 땅처럼, 아주 조금씩 가까워진다. 바라건대, 그의 시 안에 천막을 치는 사람은 틀림없이 좀 더 강하고 좀 더 정의로워지는 자기 자신을 발견하게 될 것이다.

이브 베르제

유일하게 남은 것들

1938~1944

전세(前世)

# 머리말

1938

인간은 도망치듯 질식 상태를 피한다.

상상을 초월하는 탐욕으로 끝없이 비축하며 칩거하는 인간은 두 손에 의해, 갑자기 불어난 강물에 의해 해방될 것이다.

예감 속에서 날카롭게 벼려지는 인간, 내면의 침묵을 벌채하여 여러 개의 무대로 나누는 인간, 이 두 번째 인간이 빵 만드는 사람이다.

한쪽 사람들의 몫은 감옥과 죽음. 다른 쪽 사람들의 몫은 **말씀**의 유목.

창조의 경제를 넘어서고 행동의 피를 강대하게 만드는 것, 그게 바로 모든 빛의 의무.

우리는 악마의 만능열쇠와 천사의 열쇠가 나란히 잇대어진 둥근 고리를 쥐고 있다.

의식意識의 여명이 우리 고통의 쓰라린 능선 위로 나아가며, 날라 온 진흙을 내려놓는다.

혹한에 대비하는 팔월의 초목처럼 여물어 단단해지기. 한 차원이 다른 차원의 열매를 가로지른다. 서로 적수인 차원들. 속박의 멍에와 떠들썩한 혼례에서 멀리 비켜나, 나는 보이지 않는 잠금쇠의 쇠를 두드린다.

# 바람과의 작별

마을 언덕 옆구리에 미모사가 무성한 들판이 야영하고 있다. 꽃
따는 철이면 들판 멀찍한 곳에서, 하루 종일 두 팔로 여린 가지
들을 꺾어 나른, 너무나 향기로운 소녀를 만나는 일이 있다. 향
기를 빛무리로 거느린 등불처럼, 소녀는 석양을 등지고 멀어져
간다.

그녀에게 말을 거는 건 불경한 일이리라.

편한 신발 신고 풀밭을 밟는 이여, 그녀에게 길을 양보하라. 어
쩌면 운 좋게도 당신이 소녀의 입술에서 **밤**의 습기 같은 몽환을
알아볼 수 있을까?

# 폭력

등불이 켜졌다. 감옥 안마당이 이내 등불을 보듬었다. 장어 낚시꾼들이 와서, 미끼로 쓸 만한 게 나오지 않을까 하고 삽으로 성긴 풀들을 파헤쳤다. 밑바닥의 무뢰배들이 모두 그곳에서 곤궁을 면했다. 그리고 매일 밤 똑같은 수작이 되풀이됐고, 나는 그 짓거리의 이름 없는 증인이자 피해자였다. 나는 어둠과 칩거를 택했다.

운명이 정해진 자의 별. 나는 죽은 자들의 정원에 난 문을 슬며시 연다. 노예처럼 비굴한 꽃들이 묵상하고 있다. 인간의 반려들. **창조자**의 귀.

# 광주리 짜는 사람의 반려<sup>伴侶</sup>

그대를 사랑했습니다. 폭우에 파인 샘 같은 그대의 얼굴, 내 입
맞춤을 옥죄는 당신 영지<sup>領地</sup>의 상징 암호를 나는 사랑했습니
다. 어떤 이들은 아주 두루뭉술한 상상력에 의지합니다. 내게는
가는 것으로 족합니다. 사랑하는 이여, 절망에서 내가 가져온
바구니는 아주 작아서 버들가지로도 짤 수 있었습니다.

# 주파수*

온종일 남자의 옆을 지키면서, 쇠는 대장간의 벌겋게 달아오른 진흙 위에 제 상반신을 갖다 댔다. 그 둘의 꼭 닮은 뒷무릎 관절이 마침내 땅속에서 꽉 끼어 답답해하던 금속의 얇은 어둠을 터트렸다.

남자는 서두르지 않고 작업장을 떠난다. 그는 마지막으로 한 번 더 강의 어둑한 옆구리에 자기 두 팔을 담근다. 마침내 그가 수초들의 차가운 저음低音을 움켜잡을 수 있을까?

# 르나르디에르'의 매혹

나를 안 당신, 갈라져 터지는 석류, 본보기를 보여 주듯 환희를 펼치는 여명이여, 당신의 얼굴은—지금 이대로, 언제나 변함없기를—너무나 자유로워서, 그 얼굴에 닿으면 대기의 무한한 가장자리가 나를 만나려 슬며시 벌어지며 주름이 졌고, 상상의 아름다운 구역들을 내게 옷 입혀 주었습니다. 나는 쥠틀을 부숴 버린 마음의 잇단 풍요로움에 기뻐 어쩔 줄 모르면서, 거기, 당신의 햇빛 물레방앗간에, 나 자신도 전혀 모르는 존재로 머물곤 했습니다. 학교가 파할 무렵, 불타듯 돌아가는 커다란 바퀴의 강력한 부드러움이 우리의 기쁨 위로 길게 늘어졌습니다.

그 얼굴에서는—아무도 그걸 알아차리지 못했지만—아름다움을 단순화하는 것이 못난 인색함으로 비치지 않았습니다. 삶의 신비가 지닌 양자택일적 성격에서 유일하게 벗어날 줄 아는 예외성에 있어서, 우리는 정확했습니다.

기억의 길들이 어김없이 괴물들의 나병균으로 뒤덮여 버린 뒤부터, 나는 꿈꾸는 사람은 절대로 늙지 않는 무구함에서 피난처를 찾습니다. 그러나 당신 뒤에 꼭 살아남아야 할 자격이 내게 있을까요? 이 **당신의 노래** 속에서 스스로가 나 자신과 가장 덜 닮았다고 생각하는 내가.

# 유년

매복해 있는 난데없는 재앙들과 가혹한 시련의 보시布施로부터
멀리 떨어진 곳에서, 너희들은 스스로 시작한다, 새들의 볼모인
샘들이여. 제 유골遺骨에 대한 혐오로 빚어진 인간의 성향, 복수
심에 찬 운명의 섭리와 투쟁하는 인간의 성향도 너희들을 낙담
시키지는 못한다.

찬양하라, 우리는 서로를 수락했다.

"송악 덩굴로 봉합된 제 상처에는 아랑곳하지 않고 한결같이 태
양 빛을 신뢰하는 바위의 걸음걸이처럼 내가 말이 없었다면, 꿀
벌들의 두려움을 기꺼이 맞아들이는 흰 나무처럼 내가 어린아
이였다면, 언덕들이 여름까지 살았다면, 번개가 제 쇠창살을 내
게 열어 주었다면, 그대의 밤들이 나를 용서해 주었다면······."

시선, 별들의 과수원, 금작화들, 고독은 너희들과 전혀 다르다!
노래가 유배를 끝낸다. 어린양들의 산들바람이 다시 새 삶을 불
러온다.

# 역법 曆法

나는 내 신념들을 서로서로 묶어 그대의 **현존**을 확대했다. 그 널
찍한 힘에 기대 세워, 나는 내 나날들에 새로운 흐름을 부여했
다. 내 영향력을 제한하던 폭력을 나는 멀리 쫓아 버렸다. 나는
조용히 춘분의 손잡이를 잡았다. 이제 신탁의 권위는 나를 지배
하지 못한다. 나는 들어간다, 은총을 느끼든 느끼지 않든.
위협은 길이 들었다. 겨울이면 두 팔 가득 쐐기풀을 안은 무녀
들과 퇴행적인 전설들로 붐비던 해변이 사람들을 구조할 채비
를 한다. 위험을 무릅쓰는 의식意識은 끌과 대패를 겁낼 이유가
전혀 없다는 것을 나는 안다.

# 제일 나이 많은 집

한 해의 소등 시간과 창에 비치는 나무의 떨림 사이. 당신은 선물 주기를 중단했다. 물 위에 핀 풀꽃이 한 얼굴 주위를 배회한다. 밤의 문턱에서 당신의 끈질긴 환영이 숲을 받아들인다.

# 위무 慰撫

"에는 듯한 단장의 고통을 내게 알게 해 준 마을들로 피신하는 것을 거절하고, 나는 바람의 황금빛 보물 속을 떠돌았어요. 중단된 삶의 어지러운 급류에서 나는 이레네*의 참된 의미를 추출해 냈지요. 아름다움이 그 기묘한 코르셋에서 터져 나와 샘에 장미꽃을 주었어요."

눈이 그를 덮쳤다. 그는 지워진 얼굴 위로 몸을 숙였고, 그 얼굴에 대한 맹목적 믿음을 천천히 오래 들이마셨다. 그리고 그 믿음의 끈질긴 일렁임, 양털 같은 부드러움에 실려 멀어져 갔다.

# 기념일

잿더미의 오디세이아 속으로 들어간 학살의 물보라에 이제 네
가 빙판 없는 봄을 연결시켰으니, 불확실한 지평에 쌓인 수확물
을 거둬들여, 시초부터 그 주위를 둘러쌌던 희망에 되돌려 줘라.
작열하는 제 격정의 모루 위에 햇빛이 너를 붙잡아 두기를!
너의 입은 들이마신 칼날들의 절멸을 부르짖는다. 달궈져 벌어
진 너의 박피薄皮들은 자유를 향해 솟구친다.
오직 계절의 혼魂만이 너의 다가감을 순결무구의 단단한 씨로
부터 갈라놓고 있다.

# 초상肖像 메달

사랑받는 얼굴의 황홀감을 소리로 알리는 푸른 벼락 같은 강,
오래된 범죄들로 흉터투성이인 강, 무기력한 강, 인근의 매에게
노략질당하는 강……. 삭제된 기억의 질책을 감내하면서도, 샘
찾는 사람은 가을의 절대적 사랑에 입술로 인사한다.
낙담의 짓누르는 무게 같은 건 전혀 모른다는 듯 미래를 짜 나가
는 너, 한결같은 지혜여, 그가 자기 몸속에서 여행의 강렬한 전
율이 전기처럼 솟구치는 것을 느끼게 해 달라.

# 거기 아무것도 변한 것이 없도록

### 1

헌신적인 여인이여, 충직하고 공손한 내 손을 잡고, 검은 사다리를 오르시라. 씨앗들의 관능에서는 김이 나고, 도시들은 쉿빛이자 멀리서 들리는 한담이다.

### 2

우리의 욕망은 바다의 심장 위에서 헤엄치기 전에 그 뜨거운 드레스를 벗겼다.

### 3

개자리 같은 네 목소리 속에서 시합을 펼치는 새들이 가뭄 근심을 쫓아 버린다.

### 4

대지의 느릿한 운반에서 생겨난 흉터 진 모래밭이 안내자가 될 때, 평온함이 우리들의 닫힌 공간에 가까워질 것이다.

## 5

무수한 단편들이 나를 찢는다. 그리고 형벌 같은 고통은 똑바로 서 있다.

## 6

이제 하늘은 그렇게 노랗지 않고, 태양은 그렇게 검푸르지 않다. 별똥별 같은 비가 스스로를 예고한다. 충직한 부싯돌 같은 형제여, 너의 멍에는 금이 갔다. 불현듯 네 어깨에서 암묵적 교감이 솟아올랐다.

## 7

아름다움이여, 나는 차가운 고독 속에서 너를 만나러 간다. 너의 등불은 붉은빛이고, 바람은 빛난다. 저녁의 문턱이 움푹하게 파인다.

## 8

수인인 나, 나는 영원의 바위를 기어오르는 담쟁이의 느릿느릿함과 한몸이 되었다.

## 9

"사랑해"라고, 바람은 자기가 살게 해 주는 모든 것을 향해 거듭 말한다, 나는 너를 사랑하고 너는 내 안에 산다.

# 꾀꼬리

*1939년 9월 3일**

꾀꼬리가 여명의 수도에 들어왔다.
그 노래의 칼날이 음울한 침상을 가두었다.
모든 것이 영원히 끝났다.

# 원소들

*1940년 5월 (노르의 바다에서) 죽임을 당한*
*로제 보농\*을 기리며*

그 여인은 거리의 인파에서 멀찍이 떨어진 곳에서, 반쯤 탄 화산이 분화구를 안고 있듯 품에 아이를 안고 있었다. 그녀가 아이에게 하는 마음속 말들은 천천히 그녀의 뇌리를 가로질러 마비된 입술의 무기력에 구멍을 냈다. 아이는 겨우 불가사리 껍질보다 조금 더 무게가 나가는 정도였고, 두 사람한테서는 딱딱하게 굳기를 이내 멈추고 완전히 해체되어 사라질 것 같은 캄캄한 피로, 애처로운 사람들의 때 이른 죽음이 배어났다.

비척대는 그들의 몸 안으로 땅바닥에 닿을 듯한 어둠이 가볍게 들어왔다. 두 사람이 보기에, 세상 사람들은 마치 그런 적이 전혀 없는 것처럼 서로 맞서 싸우기를 그친 것 같았다.

아직 젊은 그 여인에게 한 남자가 뿌리를 내리고 있겠지만 끔찍한 참화도 지쳐서 그쯤에서 그만두기로 했는지, 남자는 내내 보이지 않았다.

얼간이들과 압제자들을 제멋대로 풀어놓는 이기주의의 서슬,

그녀가 사는 구역의 환히 불 밝혀진 동네에서 여전히 어슬렁거리는 이기주의의 서슬은 썩은 농양膿瘍이다. 그리하여 가까스로 제 모습을 드러내는 연약함이 엄중하게 우리의 책임을 묻는다. 나는 그날을 예감한다. 몇몇 사람들이 자신의 동류인 사람들 주변에서 악에 대한 굴복과 낙담을 몰아내고 도처에서 보란 듯이 사람들을 올러대는 권력자들에게 타격을 가해 그들을 제압하는 데 성공하는 날, 그렇지만 용감하게 제 할 일을 다했다고는 생각하지 않고 아무런 계산이나 책략 없이 우주적인 힘의 여행에 나서는 날, 그날을 나는 예감한다. 그리고 연약함과 불안이 시를 자양분으로 삼는다는 점에서, 장차 여행에서 돌아올 그 고귀한 여행자들에게는 잊지 않고 기억할 의무가 있다.

# 너그러운 힘

꽃에서 초여름의 혈흔이 지워지면 채색 유리창이 되듯, 나는 내 결함이 어디쯤에서 내게 족쇄를 채우는지 안다. 햇빛으로 검어진 강물의 심장이 태양을 대신하고, 내 심장을 대신하게 되었다. 오늘 저녁, 정처 없이 떠도는 욕망의 크고 육중한 수레바퀴는 오직 내게만 보인다……. 내가 언젠가 다른 곳에서 난파할 수도 있을까?

# 사자자리

그대가 내 아내인가요? 현재와의 만남에 이르도록 만들어진 내 아내인가요? 불사조의 몽롱한 도취가 그대의 젊음을 탐합니다. 시간의 바위가 송악 덩굴로 그대의 젊음을 둘러쌉니다.

그대가 내 아내인가요? 해묵은 구름이 싸움을 벌이는 바람의 연간年間이 장미, 격렬한 장미를 낳습니다.
현재와의 만남에 이르도록 만들어진 내 아내.

투쟁이 멀어지면서, 우리에게 대지 위를 나는 꿀벌의 마음, 잠 깨어난 희미한 환영, 소박한 빵을 남겨 줍니다. 밤샘은 **축제**의 면책 득권을 향해 천천히 나아갑니다.

현재와의 만남에 이르도록 만들어진 내 아내여.

# 건초 만드는 계절

오, 밤이여, 너의 충만한 행복으로부터 나는 포착할 수 없는 새들의 향기로운 타원형 흔적만을 가져왔구나! 내 이마 위에서 스르르 녹아 사라지는 너의 꽃가루 손 말고는 아무것도 아네모네 꽃 등불의 회전 손잡이를 돌리지 못했다. 욕망이 다가가자, 하늘의 푸른 짚더미들이 차례차례 쌓여 갔다. 그곳의 건초 만드는 자, 가면 쓴 노인, 음흉한 배우, 혐오스러운 여행을 조합해 내는 화학자가 죽었기 때문이다.

나는 잠시 대홍수의 삽에 기대어 그 삽의 언어를 본떠 낸다.˙ 내가 흘리는 검은색 어린양의 땀방울이 야유를 부른다. 제어할 수 없는 갑작스러운 동의同意의 물결이 나의 구토감을 키운다. 뒤늦게 온 반지, 불과 노쇠함이 포화 상태에 이른 피티˙의 기사단에 꼼짝없이 둘러싸인 반지여, 나는 누구를 반려로 삼아야 할까? 나의 재가 붉게 되살아나는 화창한 그 날까지, 나는 눈에 띄지 않게 뱃머리의 홀수 부위에 자리를 잡는다.

오, 밤이여, 순수했던 탈주의 시절에 내가 거의 한 몸이 되곤 했던 그녀의 환영을 나는 성운星雲으로 번역해 내지 못했다! 지척에 있는 그 누이가 낮의 마음을 휘저어 놓았다.

한 편의 시의 끝에서, 무사히 내 옆에서 걷는 이에게 인사를 전한다. 그는 내일 **꼿꼿하게** 바람을 등지고 갈 것이다.

# 부재자

거칠지만 그의 말을 신뢰할 수 있고, 인내심으로 희생을 받아들이고, 금강석 같으면서 멧돼지 같고, 창의적이면서 기꺼이 도움을 주는 그 동지는 혹독한 강철 추위를 견디는 소나무처럼 온갖 압력의 한복판에 있었다. 악귀들과 어지러운 물회오리로 자신을 괴롭히는 별의별 거짓들의 짐승 우리에, 그는 시간 속으로 멀어져 가는 자신의 등으로 맞섰다. 그는 보이지 않는 오솔길을 따라 당신들에게 왔고, 핏빛 과감성을 부추겼고, 당신들의 기분을 상하게 하지 않았고, 미소 지을 줄 알았다. 꿀벌이 과수원을 떠나 이미 검게 익은 열매를 찾아가듯, 여인들은 볼모처럼 생기지 않은 그 얼굴의 역설을 표 나지 않게 응원했다.

잊을 수 없는 친구, 우리 몇몇이 가까이 지냈던 그 친구를 나는 당신들에게 묘사하려고 애썼다. 우리는 희망 속에서 잘 것이고, 그의 부재 안에서 잘 것이다. 이성은 자신이 섣부르게 부재라고 부르는 것이 통일성 속에서 가마를 채우고 있음을 모르기 때문이다.

# 수정 같은 이삭이 그 투명한 수확물을
# 한 알 한 알 풀밭에 떨어뜨린다


도시는 해체된 것이 아니었다. 가벼워진 방에서 해방자는 빛이 액체를 만들 때처럼 전력을 다해 자기 연인을 온몸으로 감쌌다. 욕망의 연금술이, 갓 생겨난 그들의 뛰어난 능력을 그날 아침의 우주에 필수 불가결한 것으로 만들었다. 멀리 뒤쪽에서 꼼짝하지 않고 있는 그들의 어머니는 더 이상 그들을 저버리지 않았다. 지금 그들은 자신들의 미래의 나라에 앞서 오고 있었고, 아직 그 미래의 나라에는 이제 막 노래를 시작한 그들의 화살 같은 입밖에 들어 있지 않았다. 그들의 갈망은 즉각적으로 대상을 만났다. 그들은 의문의 대상이 되지 않는 시간에 편재의 능력을 부여했다.

그는 예전에 박해당하는 숲에서 자기가 어떻게 짐승들을 불러 세워 그 짐승들에게 행운을 기져다주었는지, 갇힌 산에서 그가 한 맹세가 어떻게 자신의 훌륭한 운명을 깨닫게 해 주었는지, 자신이 동료의 눈에서 너그러운 아량을 보기 위해 어떤 은밀한 백정白丁을 물리쳐야 했는지 연인에게 이야기했다.

조금씩 드넓은 여행의 공간이 펼쳐지고 가벼워지는 방에서, 해방자는 또다시 사라질 채비, 또 다른 탄생의 순간들에 합류

할 채비를 하고 있었다.

# 소르그강의 루이 퀴렐*

언제나처럼 충직한 장로長老의 낫을 손에 들고, 목에는 목걸이
처럼 형벌의 갈고리를 건 채, 남자의 하루 일과를 완수하기 위
해 파닥거리는 나비 떼의 장막 뒤에서 앞으로 나아가는 소르그
강이여, 나는 언제쯤 그대의 나무랄 데 없는 호밀밭의 넘실거리
는 리듬에 눈을 떠 행복을 느낄 수 있을까? 피와 땀이 개시한 투
쟁은 저녁때까지, 그대가 귀가할 때까지, 가장자리가 점점 더
넓어지는 고독 속에서 계속될 것이다. 그대의 주인들의 무기인
물때 알리는 시계는 완전히 망가졌다. 창조와 비웃음이 서로 분
리된다. 대기大氣의 왕이 자신의 도래를 알린다. 소르그강이여,
그대의 어깨는 펼쳐진 책처럼 자신이 읽은 것을 퍼뜨린다. 아이
였을 때, 그대는 탈주하는 바위산에 무늬 말벌이 그려 놓은 길
위에 핀 꽃의 약혼자였다……. 오늘 그대는 몸을 숙이고, 대지
의 자력磁力으로부터 수많은 개미들의 잔인함을 추출하여 그대
의 가족들과 그대의 희망을 짓밟는 수백만의 살인자들로 던져
놓은 박해자의 단말마를 지켜본다. 그렇다, 저항하며 버티는 그
암종癌腫의 씨를 한 번 더 짓눌러 으깨 버리라…….

호밀밭에, 일제사격 당한 합창대 같은 들판에, 구해 낸 들판에, 지금 한 남자가 서 있다.

# 들리지 않는다

극도로 암울한 투쟁과 극도로 암울한 부동 상태 속에서 두려움과 공포가 나의 왕국을 눈멀게 만들자, 나는 날개 달린 수확收穫의 사자들로부터 아네모네의 차가운 비명을 향해 올라갔다. 모든 존재가 처한 기형적인 속박 상태로 나는 세상에 왔다. 우리 둘, 세상과 나는 속박에서 풀려나고 있었다. 둘 사이에 두루 통용될 수 있는 윤리에서 나는 나무랄 데 없는 구급책을 찾아냈다. 사라져 버리고 싶은 강렬한 욕구에도 불구하고, 나는 아낌없이 기다렸고, 꿋꿋하게 믿었다. 포기하지 않았다.

# 숙제

밤이 되자 겨울이 조심스럽게 달의 수레에서 내려놓은 아이는 향기로운 집안에 들어오자, 시선을 대뜸 벌겋게 달아오른 무쇠 난로에 고정시켰다. 창틀에 꼭 낀 채 타오르듯 붉게 물든 유리창 뒤에서 활활 타오르는 공간이 아이를 완전히 사로잡았다. 열기 쪽으로 상체를 숙이고, 날아오르는 마른 잎들의 행복에 어린 두 손을 꽉 고정시킨 채, 아이는 차가운 하늘의 꿈을 또박또박 말했다.

"잎아, 둘도 없는 내 친구야, 뭐가 보이니?

— 매미야, 돌 한복판에 있는 가엾은 버섯, 죽음의 친구가 된 버섯이 보여. 그 버섯의 독은 너무 오래돼서 네가 노래로 바꿔 부를 수도 있어.

— 선생님, 제 운명의 길은 어딘가요?

— 애야, 네 자리는 마음이 화관을 쓰고 있는 공원 벤치 위에 표시되어 있단다.

— 내가 사랑의 현재인가요?"

황소자리에서, 청춘의 사춘기 같은 강바람에 성미 급한 미노타우로스가 깨어났다.

# 1939
## 쏙독새의 입으로*

바다의 부유목(浮遊木)에 박힌 태양에 올리브 세례를 퍼붓던 아이들, 아, 밀 이파리 같은 아이들, 이방인은 너희들에게서 고개를 돌리고, 학대당한 너희들의 피에서 고개를 돌리고, 너무 맑은 물에서 고개를 돌린다, 눈이 개흙처럼 고운 아이들, 제 귀에 소금이 노래하게 하던 아이들, 어떻게 너희들의 애정에 더 이상 눈부셔 하지 않겠다고 마음먹을 수 있을까? 너희들이 솜털 같다고 말하던 하늘, 너희들이 그 은밀한 욕망을 드러나게 하던 **여인**이 벼락으로 차갑게 얼어붙었다.

징벌하라! 징벌하라!

# 그런 사람들과 함께 사는 것

나는 너무 굶주려 있어서, 증표들의 삼복 불더위 속에서 잠을 잔다. 울퉁불퉁 옹이가 진 바지랑대에 이마를 기댄 채, 나는 기진맥진할 때까지 돌아다녔다. 악의 교대자들이 생겨나지 않도록, 나는 악의 신규 가담자들을 근절했다. 내 선수재船首材의 서투름에서 악을 상징하는 숫자를 지워 버렸다. 나는 반격했다. 살상이 너무 지척에서 벌어지자 세상은 스스로 더 나아지기를 원했다. 사다리 공격에 돌파당한 적이 없는 내 정신의 무월霧月이여, 텅 빈 양우리에서 누가 총을 쏘는가? 이제 그건 정직한 고독의 드높게 침묵하는 의지가 아니다. 부주의했던 시야에 갑자기 두 날개로 솟구쳐 오르는 무수한 범죄의 외침들이여, 너희들의 의도, 그리고 뉘우침과 회한에서 비롯되는 대범한 퇴위를 우리에게 보여 달라!

네 모습을 드러내라. 우리는 몹시도 여원 제비들의 지극한 행복을 한 번도 저버린 적이 없었으니. 드넓은 가벼움에 가까워지기를 열망하는 제비들. 시간 속에서, 사랑이 자라고 있음을 확신

하지 못하는. 마음의 꼭대기에 홀로 있으면서, 확신하지 못하는
제비들.
나는 너무 굶주려 있다.

# 감옥의 등화燈火

나는 너의 밤이 아주 짧아서, 노화의 힘이 어떤 것인지 알기도 전에 너의 말수 적은 계모가 늙어 버리기를 바랐다.

나는 네 곁에서 조화롭게 어울리는 탈주자가 되기를 꿈꾸었고, 그 존재가 거의 표시되지 않는 사람, 을씨년스러운 길과 안젤리카가 주는 특전特典을 누리는 사람이기를 꿈꾸었다. 감히 아무도 그 꿈을 지체시키지 못한다.

하루가 갑자기 빡빡해졌다. 내가 사랑한 모든 죽은 자와 이별하면서, 나는 이 장밋빛 개, 마지막 생존자, 넋 놓은 여름을 쫓아 버린다.

나는 축출당한 자이고 모든 것을 얻은 자다. 나를 끝장내 다오, 반듯하게 연마질하는 아름다움이여, 제대로 감기지 않은 취한 눈꺼풀이여. 모든 상처가, 잠 깨어난 불사조의 눈을 창문에 갖다 댄다. 해결의 기쁨이 황금빛 벽 위에서 노래하고 신음한다.

이건 아직 속박의 굴레에서 불어오는 바람일 뿐이다.

# 역사가의 누옥

박해당한 희생자들의 피라미드가 대지에 들러붙어 있다.

너는 열한 번의 겨울 동안, 마음의 혹독한 수고로움 속에서, 네
붉게 달구어진 쇠의 호흡, 희망의 날짜를 단념하게 될 것이다.
불시에 죽임을 당한 혜성, 너는 피 흘리며 네 시대의 밤을 막아
설 것이다. **괴물**의 날카로운 가시 같은 거대한 마비 상태, 학살
자들을 동원한 괴물의 송사訟事에서 빠져나오기 위해, 네가 도
약의 발판으로 삼던 이 페이지가 네 것이라고는 절대 생각하지
마라.
곰치의 거울! 황열병 토사물의 거울! 적이 내민 음식 쓰레기의
물거름!

견뎌라, 너무 어린 올리브 나무 밑에서 예전에 네 손이 그저 가
볍게 스치기만 했던 것들을 언젠가 더 많이 사랑할 수 있게.

# 거부의 노래

### 유격대원의 첫걸음

긴 세월, 시인은 아버지인 무無 속으로 돌아갔다. 그를 사랑하는 당신들 모두여, 그를 부르지 마라. 대지 위에 제비의 날갯짓이 더 이상 비치지 않는 것 같거든, 그런 행복은 잊으라. 고통으로 빵을 빚던 사람은 붉게 타오르는 마비 속으로 사라져 보이지 않는다.

아! 아름다움과 진리가 당신들을 해방의 축포 자리에 아주 많이 *입회*할 수 있게 해 주기를!

# 11월 8일자 카드*

우리 가슴속에 박힌 못, 우리 뼈를 얼어붙게 만드는 맹목, 누가
나서서 그것들을 제압할 것인가? 낡은 교회의 선구자들, 예수
그리스도를 따르는 무리여, 우리 고통의 감옥 안에서, 당신들은
아득히 높은 하늘의 코니스에 일직선을 그리며 날아가는 새보
다도 적은 자리를 차지하고 있다. 신앙이라! 신앙의 입맞춤은
겁에 질려, 이 새로운 수난에서 등을 돌렸다. 이웃의 과실果實로
안전하게 둘러싸여 헛도는 자물쇠의 자비로 살아가는 신앙, 그
런 신앙의 팔이 어떻게 우리 머리를 가둔 벽을 헐어 버릴 수 있
겠는가? 죽음마저도 최후의 연기로 날려 버리기를 거부하는 지
독한 역겨움이 제후로 변장한 채 뒷걸음질 친다.

우리의 집은, 우리와 멀리 떨어진 곳에서, 제 유일한 감사의 대
상인 참호 속에 무사히 누워 있는 우리 사랑의 추억이 다치지 않
게 배려하면서, 늙어갈 것이다.

암묵의 법정, 치유의 폭풍이여, 너는 우리의 목표물을, 허기가
제일 먼저 입장하는 식탁을, 너무 늦게 우리에게 돌려주는구나!
오늘 나는 무성한 웃음소리와 잎으로 덮인 나무에 묶여 있는 미
친개 같다.

# 습곡褶曲

내 형제여, 네 실패의 진짜 이름은 얼마나 순수했던가—너의 오열, 너의 욕설이 귀에 선하다. 아, 어머니처럼 너그러운 소금의 삶을 그대로 옮겨 쓴 너의 삶! 흰 족제비 이빨을 한 인간이 지하실 땅속에서 제 천정점에 물을 대고 있었고, 끄나풀의 얼굴을 한 인간이 도처에서 소중한 아름다움을 종창으로 부풀어 오르게 했다. 나의 사령관, 등 굽은 늙은 피여, 우리는 공포심까지 느끼며 달빛처럼 번지는 구토를 몰래 지켜보았다. 우리는 지독한 인내로 스스로를 달랬다. 우리가 알지 못하고 우리가 가닿을 수 없는 등불 하나, 세상 끝에 있는 등불 하나가, 용기와 침묵을 깨어 있게 했다.

아, 모욕당한 삶이여, 진실이 꼭 행동에 앞서지 않는다는 걸 잘 아는 나는, 이제 확신에 찬 발걸음으로, 너의 경계를 향해 걷는다. 네가 쓰는 문장의 미친 누이여, 봉인된 내 연인이여, 잔해 더미가 된 호텔에서 나는 너를 구해 낸다.

말의 시간이 엑소더스를 끝내면서, 종양 덩어리 같은 칼이 **괴물**의 손에서 떨어진다.

# 경의敬意와 굶주림

시인의 입, 정갈한 진흙을 실어 나르는 격류激流에 스스로를 내주는 여인이여, 아직 불안한 늑대의 갇힌 종자種子에 불과했던 그에게, 당신의 이름으로 윤이 나는 높은 벽의 부드러움을 가르쳐 준 여인이여(파리의 여러 구역, 아름다움의 모태여, 나의 불꽃은 너희들의 하늘거리는 드레스 밑에서 솟아오른다), 꽃가루 속에서 잠자는 여인이여, 그의 자부심 위에 당신의 무한한 영적 매개의 서리를 내려 주오. 히스 우거진 들판이 유골로 뒤덮일 때까지, 당신을 좀 더 열렬히 사랑하기 위해 그가 자신의 탄생을 알리는 나팔 소리, 고통으로 뭉쳐진 자신의 주먹, 자신의 승리의 지평선을 당신 속에서 무한정 뒤로 물리는 인간으로 남을 수 있도록.

(어두워지고 있었다. 커다란 눈물의 떡갈나무 밑에서 우리는 서로를 꽉 껴안았다. 귀뚜라미가 노래했다. 고독한 귀뚜라미는 대체 어떻게 알았을까, 대지가 죽지 않으리라는 것, 빛을 잃은 아이들인 우리가 곧 말을 시작하리라는 것을?)

# 자유

황혼의 촛불과 새벽의 여명을 똑같이 의미할 수 있는 그 하얀 선을 통해 그녀는 왔다.

그녀는 단조로운 모래톱을 지났고, 갈라지고 찢어진 산꼭대기 늘을 지났다.

겁쟁이 얼굴을 한 포기, 거짓의 신성함, 사형 집행인의 술이 끝장나고 있었다.

그녀의 말은 눈먼 파벽추破壁錐가 아니라 내 숨결이 서리는 아마포였다.

방심했을 때 말고는 헷갈리는 법이 없는 발걸음으로, 그녀, 상처 위의 백조는 그 하얀 선을 통해 왔다.

혼례의 얼굴

# 인도 引導

지나가세요.
별의 삽이
예전에 여기 파묻혔어요.
오늘 저녁 새들의 마을 하나가
아득한 높이로 환호작약 지나갑니다.

들으세요, 점점이 뿌려진 현존의
바위투성이 관자놀이에서
당신의 잠을 구월의 나무처럼
뜨겁게 해 줄 말을.

보세요, 우리 지척에서 그 정수에 도달한
확신들의 뒤얽힘이
들썩이는 것을,
아, 나의 **쇠스랑**, 내 초조한 **갈증**을!

삶의 가혹함이 어슬렁거리며

끊임없이 유배를 탐합니다.

편도 씨처럼 가느다란,

온순한 자유가 섞인 보슬비에 의해,

그대의 수호자인 연금술이 탄생했습니다,

아, 사랑하는 이여!

# 인력 引力

### 유폐된 자

숨을 쉬는 한 그는
저녁마다 자기 두 손이 그대의 몸을 누이는 부드럽고 친근한 석
회벽,
거기 새겨질 새김 눈 표식을 생각합니다.

월계수 가지는 그를 소진시키고,
결핍은 그를 견고하게 만듭니다.

아, 그대, 한결같은 부재자,
실 잣듯 초석硝石*을 잣는 여인이여,
꿈적도 하지 않는 두께 뒤에서
까마득히 오래된 사다리 하나가 그대의 베일을 펼칩니다!

그대는 별처럼 촘촘히 가시가 박힌 알몸으로,
은밀하게, 미적지근하게, 한가롭게
나른한 땅바닥에 매여 있지만,
감옥에 갇힌 무뚝뚝한 남자의 내밀한 친구입니다.

그대를 깨물면서 자라나는 햇살은
뼛속 깊은 곳에서 찢어지는 구름보다 더 메마르고 난공불락입
니다.

                          *


나는 내 모든 욕망의 무게로
그대의 아침 같은 아름다움을 눌렀습니다,
그 아름다움이 환하게 부서져 달아날 수 있게.


동방박사 없는 술,
그대가 치는 트라이앵글 소리,
그대 눈의 일꾼들,
수초 위에 서 있는 조약돌이 그 뒤를 따랐습니다.


이제 막 피어나려고 하는 것을
일광日光의 향기가 싸고돕니다.

# 혼례의 얼굴

이제 사라져라, 저만치 서 있는 나의 호위대여.

여럿이라는 달콤함은 이제 소멸했다.

잘 가라, 나의 동맹자들, 내 사나운 동료들, 나의 지표들아.

모든 것이 그대들을 휩쓸어 간다, 간사스러운 슬픔을 남기고.

사랑한다.

샘에서 하루 만에 강물은 무겁다.

진홍빛 파편이 그대의 이마, 안전한 공간에서, 강의 느릿한 지
류들을 건넌다.

그리고 그대를 닮은 나,

하늘 가장자리에서 그대의 이름을 외쳐 부르며 꽃 피어난 밀짚
으로,

나는 잔해들을 쓰러트린다,

불안하게, 온전한 명석성으로.

연무煙霧의 띠, 온순해진 무리, 공포로 갈라놓는 자들아, 나의 재
생을 만져 봐라.

내 생애의 칸막이벽들아, 나는 대수롭지 않은 내 너그러움의 도움을 포기한다.

나는 임시 숙소의 미봉책에 갱목을 대고, 사후 세계의 만물에 족쇄를 채운다.

장터의 고독으로 달아올라,

나는 그녀의 **현존**의 그림자 위로 유영하던 것을 떠올린다.


어제, 몸 섞기를 거부하는 황량한 육체가 캄캄한 절망의 언어를 말하면서 다시 돌아왔다.

이울어 가는 종말이여, 생각을 고쳐먹지 말고, 쉰내 나는 잠을 부르는 네 최면의 몽둥이를 내려놓아라.

드러난 목선이 네 유배의 해골들, 너의 검술을 쇠락시킨다.

너는 제 등을 갉아먹는 굴종에 생기를 되돌려 준다.

밤의 비웃음이여, 짐수레에 실려 가듯 돌팔매를 맞으며 떠나는 자들, 저 희끄무레한 목소리들의 음산한 행렬을 멈추어라.


나는 능란한 병해病害의 물결에서 이내 빠져나와

(독수리의 곡괭이가 나팔 모양으로 피를 높이 뿜어 올린다)

지금 이 순간의 운명에 실려, 다판막多瓣膜의 창공, 화강암 같은 반항을 향해

나의 불가침권을 이끌어 갔다.


아, 그녀의 둥근 배 위로 궁륭처럼 솟구치는 감격,

어두운 지참금의 속삭임이여!

아, 그녀 발성의 고갈된 움직임이여!

성탄이여, 반항자들을 인도하여, 그들이 자신들의 거점, 새로운 내일이 있는 믿음직한 아몬드 씨를 발견하게 해 주소서.

사략선私掠船이 남긴 그녀의 상처, 개들의 끊임없는 공포심 속에서 희미한 불화살들이 날아다니던 그녀의 상처를, 저녁이 아물게 했다.

그대의 얼굴 위 애도의 돌비늘은 이제 과거지사가 되었다.


사라지게 할 수 없는 창유리. 내 숨결은 이미 그대의 상처에서 애정이 넘쳐 나게 했고,

눈에 보이지 않는 그대의 위엄을 무장시켰다.

그러자 안개의 입술로부터, 모래 언덕 문지방에 강철 지붕을 씌운 우리의 환희가 내려왔다.

의식은 그대의 영구불변성, 가볍게 떨리는 그 화려한 외관을 보강했고,

변함없는 순정이 사방으로 퍼져 나갔다.


이른 아침 좌우명의 음색, 때 이르게 뜬 별의 한가로움,

나는 내 궁형 아치의 끝, 도랑으로 둘러싸인 콜로세움을 향해 달린다.

낟알들의 다 자란 수염에는 입맞춤할 만큼 했고,

소면梳綿 직공, 그 고집쟁이를 우리의 아득한 지평이 굴복시킨다.

혼례의 환영들이 머무는 항구는 저주할 만큼 했고,
꽉 찬 귀환의 밑바닥에 내 몸이 닿는다.


울퉁불퉁 굴곡진 죽음의 네우마, 시냇물들아,
메마른 하늘을 뒤따라 가는 너희들,
너희들의 건전하고 유익한 연구를 내던져 버리고,
탈영을 치유할 줄 알았던 자의 뇌우에 너희들의 여정을 합쳐라.
지붕 속에서 빻은 마음과 빛을 나르느라 숨이 가쁘다.
내 사고여, 투과성의 내 손이 내미는 꽃을 받아라,
어두운 경작지가 깨어나는 것을 느껴라.


나는 당신의 옆구리, 저 허기의 꿀벌 떼가, 바짝 말라붙어 가시
덤불로 뒤덮이게 내버려 두지 않으리라.
나는 당신의 온실에서 사마귀붙이가 당신의 뒤를 잇게 하지 않
으리라.
나는 떠돌이 광대들의 접근으로 소생하는 빛이 불안해하게 하
지 않으리라.
나는 우리 자유의 종족이 비굴하게 자족하는 꼴은 보지 않으
리라.


환영처럼, 우리는 사구 위에 올랐다.
공간의 덩굴 밑에서 부싯돌이 소스라치듯 반짝였다.
벽을 부수는 데 지친 말이 천사의 부두에서 물을 마셨다.

그악스러운 생존 같은 건 없다.
넘쳐 나는 이슬에까지 이어지는 길들의 지평,
돌이킬 수 없는 일의 내밀한 결말.

여기 죽은 모래가 있고, 여기 구해 낸 몸이 있다.
여인은 숨 쉬고, 남자는 서 있다.

# 에바드네*

여름과 우리의 삶은 한 덩어리였습니다
들판은 그대의 향기로운 치마 색깔을 몹시 탐했습니다
탐욕과 속박이 서로 화해했습니다
모벡성*은 진흙 속에 파묻히고 있었습니다
성의 리라의 흔들림도 곧 무너져 내릴 참이었습니다
초목의 격렬함이 우리를 흔들리게 했습니다
산산이 찢긴 정오의 말 없는 부싯돌 위에서
날개를 활짝 편 검은 까마귀 한 마리가 편대에서 이탈하여
부드러운 움직임으로 우리의 화합에 동행했습니다
낮은 도처에서 휴식하는 것 같았습니다
우리의 희귀성이 치세治世를 시작했습니다
(우리의 눈꺼풀에 잔주름을 만드는 불면의 바람은
매일 밤 동의받은 페이지를 넘기면서
내가 기억해 두는 그대의 모든 부분이
커다란 눈물주머니와 굶주림의 시절을 나고 있는 고장에 퍼져
나가기를 바랍니다)

아름답고 근사했던 몇 해의 시작이었습니다
내 기억에 대지는 우리를 조금은 사랑했습니다.

# 추신

입 없이 인내하고 있는 내게서 물러서세요.
당신의 발치에서 나 태어났지만, 당신은 나를 잃어버렸어요.
나의 불꽃은 자기 왕국을 너무 명확하게 밝혔어요.
나의 보물은 당신의 모루에 부딪혀 침몰했어요.

사막, 그윽하고 유일한 불씨를 지닌 은신처는
결코 내 이름을 부르지도, 나를 되돌려 주지도 않았어요.

입 없이 인내하고 있는 내게서 물러서세요.
정열의 클로버는 내 손 안에서 쇠처럼 단단해요.

내 오솔길들이 열리는 둔탁한 대기 속에서
시간이 가지 치듯 서서히 내 얼굴을 다듬어 낼 거예요,
끝없이 고된 밭갈이를 하는 말처럼.

엄격한 분할

# 엄격한 분할

*누이들아, 여기, 여름 한복판으로*
*점점 더 깊이 스며드는 축성의 물이 있다.*

### 1

상상력의 본질은 불완전한 여러 인물을 현실에서 축출하여, 욕망의 불가해하고 전복적인 힘의 도움을 받아 아주 흡족한 현존의 모습으로 되돌아오게 하는 데 있다. 되돌아온 현존, 바로 그것이 창조 이전의 소멸하지 않는 실재다.

### 2

세상과의 관계 속에서 시인이 가장 고통스러워 하는 것은 *내재적 정의正義*의 결핍이다. 칼리반의 창유리-하수구 뒤에서 아리엘의 예민하고 강력한 두 눈이 분노한다.

### 3

시인은 덤덤하게 패배를 승리로, 승리를 패배로 바꾼다. 그는 오직 창공의 수집에만 관심이 있는 출생 이전의 황제다.

## 4

타인들의 현실의 무용담에 시인이 은밀히 영향을 끼치지 못
한다면, 시인의 현실은 때로 자신에게 아무런 의미도 없을 것
이다.

## 5

불안의 마술사인 시인에게는 입양된 기쁨밖에 없다. 끝끝내 미
완으로 남는 재.

## 6

우리의 욕망 앞에 대책 없는 장애물들을 제시하는 예정된 **법칙**
들 중 하나의 감은 눈 뒤로, 이따금 한 줄기 뒤늦은 햇살이 몸을
숨긴다. 우리에게 닿으면 그 회향 같은 감수성이 강렬하게 발산
되면서 우리를 향기롭게 해 주는 햇살. 그 모호한 애정, 그 예기
치 않은 존재와의 의기투합, 시인에게는 그걸로 족한 묵직한 고
귀함.

## 7

시인은 각성 상태의 물리적인 세계와 수면 상태의 엄청난 자유
로움 사이의 저울을 평형 상태로 유지해야 한다. 삶의 서로 다
른 그 두 가지 상태를 무차별적으로 오가면서, 시인은 각성과
잠이라는 인식의 분할선 위에 시의 예민한 몸을 눕힌다.

## 8

우리 각자는 사랑을 완성하는 저녁까지 산다. 모두가 공유하는 경이로움의 조화로운 권위 밑에서, 각자의 고유한 운명이 고독으로, 신탁으로 완수된다.

## 9

**두 개의 공덕에 대한 헌사.** ─ 헤라클레이토스와 조르주 드 라투르, 나는 당신들에게 감사한다. 당신들은 오랫동안 독자적인 내 몸의 모든 주름으로부터 얼토당토않은 인간 조건이라는 환상을 몰아냈고, 남자의 얼굴의 시선에 맞추어 여인의 벌거벗은 원환圓環을 훌륭하게 표현했고, 나의 탐구를 기민하고 받아들일 만한 것으로 만들어 주었고, 긴요하고 화급한 빛의 무한하고 절대적인 귀결에 왕관을 씌우기 위해 전력을 다했다. 현실에 맞서는 행동이라는, 전승을 통해 표시되는, 모상模像이자 미세화.

## 10

시는 예측 가능한, 그렇지만 아직 표현된 적이 없는 것과 분리될 수 없어야 한다.

## 11

어쩌면 내전內戰은 매혹적인 죽음의 독수리 둥지일까? 아, 죽은 미래를 마시는 환한 얼굴의 취객이여!

## 12

드러나는 그 순간의 **노래**의 피라미드에 비추어 과연 적절한지 미리 숙고하여 시적 가치들을 연속적인 노대露臺로 배치할 것. 소멸하지 않는 그 절대, 첫 햇살의 그 잔가지, 본 적은 없지만 해체되지 않는 그 불꽃을 얻기 위해.

## 13

격정과 신비가 차례차례 그를 유혹하고 그를 소진燒盡시켰다. 이윽고 범의귀* 같은 그의 단말마를 끝장내는 해年가 왔다.

## 14

생탈리르 광천鑛泉*에서 석회질층을 남기는 재연再演, 소생, 분쇄, 부유浮游의 상황들이 시큼한 빵 주위를 싸고돌았다.

## 15

시에 있어서, 오늘날 여전히 얼마나 많은 전문가들이 호사스러운 여름 한가운데 자리 잡은 경마장 트랙 위에, 선별된 기품 있는 말들 사이로 갓 봉합된 내장이 역겨운 먼지에 덮여 꿈틀거리는 투마鬪馬를 내보내고 있는가! 공들여 위조된 모든 시가 걸리기 마련인 변증법적 혈전증이 그 용인할 수 없는 부적절함을 만들어 낸 장본인 자체를 벌할 때까지.

## 16

한 편의 시는 항상 누군가와 결혼해 있다.


## 17

헤라클레이토스는 대립적인 것들 사이의 상호 고양적 결합을 강조한다. 그는 대립적인 것들 속에서 무엇보다도 조화의 산출에 꼭 필요한 동력과 그 완벽한 조건을 본다. 시에서는 대립적인 것들이 융합하는 순간에 기원을 알 수 없는 어떤 충격 효과가 발생하는 경우가 있었고, 그 충격의 황량하고 해체적인 작용력은 시편을 아주 반反-물리적인 방식으로 떠받치고 있는 심연의 침하를 초래했다. 타당성이 검증된 전통의 요소, 또는 인과因果의 도정을 무효화시킬 정도로 경이로운 힘을 지닌 조물주의 불꽃을 끌어들여 그 위험을 차단하는 것이 시인의 역할이다. 그때 시인은 대립적인 것들—단발적으로 요동치는 그 신기루들—이 성공적인 귀결에 이르러 그 내재적 혈통이 마침내 *화현 化現*하는 것을 볼 수 있다. 우리가 알다시피, 시와 진리는 동의어이기 때문이다.


## 18

인내심을 가지세요, **제후**의 어머니. 예전에 당신이 피압제자의 용맹한 사자를 먹여 살리는 일을 돕던 그때처럼.

## 19

비의 남자와 화창한 날의 아이여, 그대들 패배의 손과 전진의 손이 내게는 똑같이 필요합니다.


## 20

열기로 뜨거운 네 창문에서, 저 미묘한 장작더미의 윤곽 속에 드러나는 시인을 알아보라. 시인, 불타는 갈대들을 싣고 예기치 않은 존재의 호위를 받는 화차貨車.


## 21

시에서, 우리는 오직 사물들 전체의 상호 소통과 자유로운 상호적 자율성에 의해서만 구속되고 규정되며, 우리의 본래적 형태와 우리의 자격 인증 자질들을 획득할 수 있다.


## 22

성인이 되었을 때, 나는 삶과 죽음의 경계 벽 위에, 오직 꿈이라는 적출摘出 능력만이 부여된 사다리 하나가 세워져서 갈수록 헐벗은 형태로 높아지는 것을 보았다. 어느 정도 나아간 지점에서부터 사다리 가로대는 더 이상 잠의 관대한 보호 난간들을 지탱하지 못했다. 충혈된 심층, 그 무질서한 공백의 난마 같은 형상들이 재능은 뛰어나지만 비극의 광범위함을 한눈에 파악하지 못하는 사람들에 대한 심판의 장場 역할을 한 뒤에, 보라, 문득 어둠이 물러나고 이제 **사는 일**은 쓰라린 우의적 고행의 외양 아래 비상한 역량들을 쟁취하는 일이 된다. 넘치도록 우리를 관통하고 있다는 것을 우리 자신이 느끼면서도, 신실함과 혹독한 분별심, 강인한 끈기가 부족해서 우리가 어설프게 표현할 수밖에 없는 역량들.

간신히 웅얼거릴 뿐인 비장한 동무들이여, 등불을 끄고 가라, 그리하여 보석들을 토해 내라. 새로운 신비가 그대들의 뼛속에서 노래한다. 그대들의 정당한 낯섦을 펼쳐라.

### 23

나는 시인, 내 사랑 그대여, 나는 그대 있는 아득한 곳이 물을 대주는, 마른 우물 운반자.

### 24

우리는 강한 신체 작업을 통해 바깥의 추위에 맞설 수 있게 되고, 그럼으로써 추위에 예속되는 위험을 제거한다. 우리의 욕망에서 비롯되지 않은 현실로 귀환하여 시라는 선박을 현실의 운명에 맡겨야 할 때가 오면, 우리는 그 비슷한 상황에 처한다. 딱딱하게 석화된 우리 물레방아의 바퀴들—잔해들—은 고분고분하지 않은 얕은 물을 긁어모으며 돌진한다. 우리의 수고는 그에 상응하는 땀을 통해 다시 배운다. 그리고 우리, 기진맥진했지만 절대로 죽지 않는 투사들은, 우리를 격분시키는 목격자들과 대수롭지 않은 미덕들 한가운데로 나아간다.

## 25

무에 결핍된 상상력 한 방울을 거절하는 것, 그건 헌신적으로 인내하며 영원이 우리에게 주는 고통을 영원에 되돌려 주는 일이다.

아, 독사 배 속에 든 월계수 유골 단지여!

## 26

죽는다는 것, 그것은 의식이 사라지는 바로 그 순간에, 볼품없고 산발적인 방편들을 통해서만 우리가 인식할 수 있었기에 우리에게 꽤나 낯설었던 몸의 몇몇 신체 부위들, 활동 상태에 있거나 반수면 상태에 있는 부위들에 의식이 작별을 고하도록 강제하는 것에 지나지 않는다. 평범한 주민들이 왁자지껄한 소란에 온통 정신이 팔려 있는 운치 없이 크기만 한 읍……. 그리고 그 지긋지긋한 난해함의 언어 위로, 반쯤 눈멀고 고통에 젖은, 벼락으로 군데군데—아, 행복이여—머리 가죽이 벗겨진, 전면에 궁륭을 얹은 어둠 기둥 하나가 솟아올랐다.

## 27

유동적이고, 끔찍하고, 정교한 대지와 잡다한 인간 조건은 서로를 움켜잡고 서로를 규정한다. 시는 그 둘이 만드는 어른어른한 물결무늬의 고양된 합으로부터 추출된다.

## 28

시인은 단방향의 항구적 복원력을 지닌 인간이다.

## 29

한 편의 시는 주관적 부과와 객관적 선택으로부터 모습을 드러
낸다.

한 편의 시는 *그런 상황의 첫 번째 인물이 되는 누군가*와 동시대
적 관계 속에 있는 결정적이고 독창적인 가치들의 활기찬 회합
이다.

## 30

한 편의 시는 욕망으로 머무는 욕망의 실현된 사랑이다.

## 31

어떤 사람들은 시를 위해 갑옷 투구의 유예를 요구한다. 그들의
상처에는 영원히 끝나지 않는 고문용 집게의 음울함이 있다. 그
러나 벌거벗은 채 갈대 밭ℝ, 자갈 밭로 걸어가는 시는 그 어디에
서도 제압당하지 않는다. 여인인 시, 우리는 그녀의 입술 위에
서 황홀한 시간과 입맞춤한다. 그녀가 초라한 빵집에서, 빛으로
빚은 빵의 속살 밑에서, 천정점의 귀뚜라미와 나란히 겨울밤을
노래하는 황홀한 시간.

## 32

시인은 죽음의 흉측한 소화消火에 분노하지 않고, 자신의 특별한 손길을 신뢰하며 모든 것을 긴 양모로 변화시킨다.

## 33

**말씀**의 보편성이 일군 개간지들 가운데서 행동하는 동안, 공정하고, 갈망에 사로잡히고, 예민하고, 저돌적인 시인은 시 속의 자유의 기적, 다시 말해서 삶 속의 예지를 상실하게 만드는 모든 기획에 공감하지 않으려고 주의할 것이다.

## 34

우리가 알지 못하는 한 존재는 무한한 존재고, 우리의 불안과 무거운 짐에 개입하여 그것들을 동맥 같은 여명으로 변화시킬 수 있는 존재다.
순결무구와 앎, 사랑과 무 사이에서, 시인은 매일매일 자신의 건강을 확장한다.

## 35

시인은, 의도를 계시받은 행동으로 옮기고 일련의 피로를 회생의 운임運賃으로 바꾸면서, 의기소침의 창유리에 난 모든 모공을 통해 냉기의 오아시스를 불러들이고, 그대의 입술을 지혜로 삼고 내 피를 제단으로 삼아, 경이, 엄정함, 홍수, 노력의 히드라인 프리즘을 창조한다.

## 36

시인의 처소는 너무나 볼품없어서, 스산한 불꽃의 심연이 그의 허름한 목재 테이블을 인수한다.

시인의 생명력은 저세상의 생명력이 아니라, 금강석처럼 *현재적顯在的*으로 반짝이는 작은 지점, 초월적 현존들과 순례하는 뇌우들의 작은 지점이다.

## 37

내가 소통의 **얼굴**을 갖느냐 못 갖느냐는 오로지 필연성과 당신들의 관능이 나를 신용하는가에 달려 있다.

## 38

분초를 다투는 주사위, 끌어안기에 부적격인 주사위, 왜냐하면 주사위는 탄생이자 노화이기 때문에.

## 39

중력의 한계점에서, 시인은 거미처럼 하늘에 제 길을 낸다. 자기 자신에게는 부분적으로 은폐되어 있지만, 타인들의 눈에는 교묘하기 짝이 없는 그 속임수의 빛살들 속에 시인이 치명적으로 드러나 있다.

## 40

한 편의 시와 함께 사막의 목가, 자기 자신을 휩쓸어 가는 격한 분노, 곰팡내 나는 눈물의 불꽃을 가로지르기. 시의 발뒤꿈치를 쫓아 달리면서, 시에게 간청하고 시에게 악담하기. 한 편의 시가 시의 정령의 표현 또는 궁핍한 시의 으깨진 씨방임을 확인하기. 그리고 마침내 어느 날 밤, 시의 뒤를 따라 우주적 석류石榴의 혼례 속으로 뛰어들기.

### 41

시인의 내면에는 두 개의 명증성이 들어 있다. 첫 번째 명증성은 외적 현실이 가용할 수 있는 다양한 형식들을 통해 단번에 그 모든 의미를 드러낸다. 이 명증성이 깊이 파들어 가는 경우는 드물고, 그저 관여적일 뿐이다. 두 번째 명증성, 시들지도 않고 꺼지지도 않는 명증성은 한 편의 시 속에 끼워 넣어져 있고, 시인에게 깃드는 강력하고 기이한 신들의 명령과 주석註釋을 전한다. 이 명증성의 헤게모니는 빈사적賓辭的이다. 언표되는 순간, 엄청난 공간을 점유한다.

### 42

시인이 된다는 것은 불안에 대한 욕구를 갖는 것이고, 그 욕구의 수행은 존재하는 것들과 예감되는 것들의 총체적 소용돌이 속에서, 마지막 순간에 지극한 행복을 유발한다.

### 43

한 편의 시는 그 다수성에 의해, 망명하듯 자신의 밀실을 떠나는 시인의 행보 전체를 산출하고 수용한다. 그 피의 덧창 뒤에서 제 스스로 소멸할 어떤 힘의 비명이 불타오르는데, 덧창의 주관적 자매이자 불모의 자매인 그 힘을 덧창이 혐오하기 때문이다.


## 44

시인은 측량할 수 없는 비밀들의 도움을 받아 자기 샘물의 형태와 목소리를 괴롭히고 학대한다.


## 45

시인은 투사하는 한 존재와 붙잡는 한 존재의 탄생이다. 그는 사랑하는 남자에게서 공허를 빌리고, 사랑받는 여인에게서 빛을 빌린다. 그 정중한 한 쌍, 그 두 명의 파수꾼이 애절하게 시인에게 목소리를 부여한다.


## 46

실편백 나무 천막 밑에서 철옹성처럼 버티는 시인은, 손에 잡히는 모든 열쇠를 과감하게 사용하며 확신을 가지고 나아가야 한다. 그렇지만 경계의 생생한 활력을 혁명의 지평과 혼동하지는 말아야 한다.


## 47

두 종류의 가능성, 낮의 가능성과 금지된 가능성을 인정하기.

가능하다면, 첫 번째 가능성을 두 번째 가능성과 대등하게 만들기. 납득 가능한 최상의 단계인 매혹적인 불가능의 왕도 위에 그 둘을 올려놓기.


## 48

시인은 이렇게 권고한다. "몸을 숙이세요, 좀 더 가까이 몸을 숙이세요." 자신이 쓴 페이지에서 매번 무사히 빠져나오는 건 아니지만, 시인은 가난한 사람들처럼 올리브 한 알의 영원불멸을 활용할 줄 안다.


## 49

증표가 무너져 내릴 때마다 시인은 미래의 축포로 대응한다.


## 50

모든 호흡은 하나의 치세治世를 제안한다. 핍박의 의무, 지속할 결심, 해방의 열정을. 시인은 순결무구함과 궁핍 속에서 어떤 사람들의 조건을 공유하고, 또 다른 사람들의 전횡을 비난하고 거부한다.

모든 호흡은 하나의 치세를 제안한다. 단일한 형태를 지닌 저 머리의 운명, 눈물 흘리고, 완강하게 버티고, 마침내 구출되어 상상의 짐승 머리인 무한 속에서 산산이 부서지는 운명이 완수될 때까지.

## 51

인간 조건의 어떤 시기들은 인간 본성의 가장 수치스러운 지점들을 버팀목으로 삼는 악의 차디찬 공격을 받는다. 그 폭풍우의 한복판에서, 시인은 자기 부정으로 자기 전언의 의미를 보완하고, 이윽고 고통에 덧씌워진 정당성의 가면을 벗겨 내어 고집스러운 짐꾼, 정의의 뱃사공의 영원 회귀를 확실하게 보증하는 사람들의 편에 합류할 것이다.

## 52

성벽에 난 모든 비밀의 문을 통해 자유를 넘치도록 흘려보내는 저 요새, 벼락이 환히 비추며 피해 가는 프로메테우스처럼 강인한 몸통 하나를 공중에 내걸고 있는 저 안개 갈퀴, 그것이 한 편의 시다. 천변만화하는, 순간적으로 우리를 장악하고 이내 스러지는 시.

## 53

자신의 보배들(두 개의 다리 사이에서 선회하는)을 건네주고 자신의 땀을 내던져 버리고 나면, 시인, 몸의 절반, 숨결의 끄트머리를 미지 속에 담그고 있는 시인은, 더 이상 완료된 행위의 그림자가 아니다. 이제 아무것도 그를 재지 않고, 그를 속박하지 않는다. 평온한 도시, 작은 구멍들이 난 도시가 그의 앞에 있다.

서 있는, 지속적으로 자라나는, 한 편의 시, 옹립하는 신비. 조금
떨어져서, 공동 포도밭의 소로를 따라가는 시인, 의연한 창시자,
혈관 속 광휘로 빛나는 평범하고 자동사적인 시인, 자기 자신의
심연에서 불행을 끌어올리는 시인, 그 옆에서 진귀한 포도가 없
는지 살펴보는 여인과 함께.

머리끝에서 발끝까지 온몸으로 악과 드잡이하고 있는 그 사람,
악의 탐욕스럽고 앙상한 해골 같은 얼굴을 알고 있는 그 사람,
가공의 사실을 역사적인 사실로 바꾸는 것은 아마도 그의 몫
이다. 우리들의 공상空想을 물려받은 인물 속에서 실제 인간들
을 맹렬하게 죽여 버리는 우리, 우리들의 불안한 확신은 그를
깎아내릴 게 아니라 그에게 질문해야 한다. 중개된 마법, 속임
수여, 여전히 밤은 어둡고, 나는 아프지만, 모든 것이 새롭게
작동한다.
시의 드넓은 전망과 함께, 그의 동류 속으로 도피하는 것이 언
젠가 가능할지도 모른다.

# 위임과 철회

파기된—경험 속에서는 파기가 완료되지 않은—신의 덧없는 연금술적 전망 앞에서, 나는 너희들을 응시한다, 생명을 부여받은 형태들, 전대미문의 것들, 평범한 것들이여, 그리고 나는 묻는다. "내적 계명인가? 외부의 명령인가?" 땅이 그 무지몽매한 괄호 밖으로 분출한다. 동일한 황금빛 속에서 해와 밤이 정신-공간, 벽-육체를 가로지르며 어렵사리 지나간다. 마음은 실신한다…… 인지認知여, 너의 대답은 더 이상 죽음, 유예시키는 교수단이 아니다.

# 히프노스 단장

1943~1944

알베르 카뮈에게[*]

히프노스'가 겨울을 장악해서 화강암으로 덮어 버렸다.
겨울은 잠이 되고 히프노스는 불이 되었다.
그 뒷일은 사람들의 몫이다.

이 메모들은 자애심, 뉴스, 금언이나 소설과는 아무런 관계도 없다. 마른 건초로 피운 불이 이 짧은 글들의 편집자가 될 수도 있었으리라. 끔찍한 고통을 겪는 피의 광경 앞에서, 이 메모들은 갈피를 잃고 아주 하찮은 것이 되기도 했다. 이 글들은 긴장, 분노, 공포, 대항 의식, 혐오, 술수, 짧은 순간의 명상, 미래에 대한 환상, 우정, 사랑 속에서 써졌다. 다시 말해서 그때그때 사건의 영향을 많이 받았다. 그리고 대개는 다시 읽어 보기보다 주욱 훑어본 게 전부인 글들이다.

한 사람의 삶의 의미는 그의 편력 속에 감추어져 있기 마련이고, 때로 착란적이기까지 한 무의식적 모방과 분리되기 어렵다는 점에서, 이 수첩은 특별히 그 누구의 것도 아닐 수 있었다. 그렇지만 그런 경향들은 애써 극복되었다.

이 메모들은 자신의 의무를 자각한 휴머니즘, 자신의 효력에 신중한 휴머니즘, 스스로의 변덕스러운 햇살에 **다다를 수 없는** 자유를 예비해 주고 싶어 하는 휴머니즘, 그리고 그걸 위해 **대가**를 치를 각오가 되어 있는 휴머니즘의 저항의 기록이다.

## 1

할 수 있는 한, 효과적으로 표적에 도달하는 법을 가르쳐라. 표적 너머까지는 말고. 그 너머는 연기다. 연기가 있는 곳에는 변화가 있다.

## 2

성패의 수레바퀴 자국에서 지체하지 마라.

## 3

아이들의 시큼한 입에 슬그머니 물려 있는 꽃처럼, 현실을 끝내 행동으로 이끌어 가기. 절망적인 금강석(삶)에 대한, 필설로 형용할 수 없는 앎.

## 4

스토아적 극기란, 나르시스의 아름다운 눈을 하고 꿈쩍하지 않는 것이다. 여차하면 사형 집행인이 우리 몸의 아주 작은 부위들에서 짜낼 수 있는 온갖 고통을 우리는 파악했다. 그리고 우리는 터질 것 같은 심정으로, 가서 정면으로 맞섰다.

5

우리가 알지 못하고 우리가 가닿을 수 없는 등불, 용기와 침묵을 깨어 있게 하는 저 등불의 황금빛 정중앙 말고는, 우리는 그 누구에게도 속해 있지 않다.

6

시인의 노력은 숙적을 *당당한 맞수*로 변화시키는 것을 목표로 한다. 특히 대륙의 바람이 심연의 바람에 그 마음을 되돌려 주는 다양한 종류의 돛들이 펼쳐지고, 둘둘 말리고, 기울고, 괴멸되는 곳에서, 내일의 모든 풍요는 그 계획의 성공 여부에 달려 있다.

7

이 전쟁은 허울에 불과한 휴전 이후에도 계속 이어질 것이다. 발작적인 격동 속에서, 그리고 제 권리를 확신하는 위선의 탈을 쓰고, 정치적 개념들이 갑론을박 계속해서 뿌리를 내릴 것이다. 냉소하지 마라. 회의와 체념을 멀리하고, 도성都城 안에서 미생물 세균 같은 냉동 사탄들과 대적할 수 있도록 당신의 필멸인 영혼을 준비시켜라.

8

소유 본능의 집요한 요구 때문에 보존 본능이 와해될 때, 분별

있던 사람들이 자신의 일상적 균형과 자기 삶의 개연적 지속이라는 관념조차 상실해 버린다. 그들은 대기의 떨림에 냉담해지고 거짓과 악의 청원에 주저 없이 굴복한다. 불길하게 내리는 우박 밑에서 그들의 비참한 상태가 바스러진다.

### 9

처음에는 암중모색하더니, 아르튀르 르폴*은 이제 그 강하고 단호한 기질로 우리들의 위험한 게임에 몸을 던지고 있다. 행동에 대한 그의 맹렬한 갈증은 내가 그에게 부여하는 정확한 임무로 채워져야 한다. 질타가 두려워서, 그는 복종하고 자제한다! 그렇게 하지 않으면, 용맹스러움이 결국에는 어떤 벌집 같은 상황 속으로 그를 밀어 넣게 될지 알 수 없으니까! 고대의 병사처럼 충직한 아르튀르!

### 10

권위, 전술, 지략을 다 합쳐도, 진리를 섬기는 작은 확신 하나를 대신할 수 없다. 이 평범한 사실을 내가 한 차원 더 끌어올렸다고 나는 믿는다.

### 11

소식이 없는 내 형제 전지剪枝꾼*은 자기가 폼페이 고양이들의 친구라고 즐겨 말했다. 우리가 그 고결한 인간의 강제 수용 소식을 알게 되었을 때, 그를 가둔 감옥은 더 이상 빠끔하게조차 열

릴 수 없었다. 쇠사슬이 그의 용기를 막아섰고, 오스트리아가
그를 수중에 넣었다.


## 12

나를 세상에 내놓았고 장차 세상에서 내쫓을 자는 내가 너무 허
약해서 자기에게 저항할 수 없을 때만 개입한다. 내가 태어날
때는 노인이었고. 미구에 내가 죽을 때는 미지의 젊은이.
유일하고 동일한 **스쳐 지나가는 여성.**


## 13

이미지를 통해 보이는 시간은 눈에 보이지 않는 시간이다. 존재
와 시간은 아주 다르다. 존재와 시간을 넘어섰을 때, 이미지는
영원으로 빛난다.


## 14

나는 두 번의 결정적인 시험을 해 본 뒤에, 우리 틈에 몰래 스며
든 도둑은 완전한 제거가 불가능하다는 걸 쉽게 확신할 수 있
다. 기생충처럼 악의적이고, 적 앞에서 머뭇거리고, 끔찍한 일
을 보고하면서 진창 속 돼지처럼 몸을 떠는 포주(그는 그 사실
을 떠벌린다). 아주 심각한 골칫거리들 말고는, 그 무뢰한에게
기대할 수 있는 건 아무것도 없다. 그자가 이곳에 아주 고약한
분위기를 끌어들일 수도 있다.
차라리 내가 직접 하는 게 낫다.

## 15

아이들은 일요일이 따분하다. 참새는 하루 이십사 시간을 일주일로 만들어 일요일을 잘게 나누자고 제안한다. 요컨대 매일매일 한 시간의 일요일이 덧붙여지는 것이다. 그게 식사 시간이면 더 좋을 것 같은데, 맨 빵만 먹는 식사가 없어지기 때문이다. 그렇지만 이제 참새에게 일요일 이야기는 그만하자.

## 16

천사와의 내통, 우리들의 가장 중요한 관심사.
(천사, 인간의 내면에서 가장 고고한 침묵의 말, 견적 불가능한 의미를 종교적 타협으로부터 떼어 놓는 자. 불가능의 비타민 송이들을 금빛으로 물들이는 허파 조율사. 피가 뭔지 알고, 천상은 모르는 자. 천사: 심장의 북쪽으로 기우는 촛불.)

## 17

포르칼키에에 들러 바르두앵* 식당에서 식사를 하고, 인쇄공 마리위스, 피기에르와 악수를 하면, 나는 항상 마음이 흡족하다. 바위처럼 선량한 그 사람들은 우정의 보루다. 명석성을 가로막고 신뢰를 느슨하게 만드는 모든 것은 이곳에서 추방된다. 우리는 필수불가결한 핵심 앞에서 혼례로 단단하게 맺어졌다.

## 18

그 또한 행동이 가능하지만, 상상력의 몫은 나중으로 미루어 두자.

## 19

시인은 **말씀**의 성층권에 오래 머물 수 없다. 그는 새로운 눈물 속에 똬리를 틀어야 하고, 말씀의 질서 안에서 좀 더 앞으로 밀고 나가야 한다.

## 20

압제가 구미에 맞는 탈주병들의 무리를 나는 생각한다. 건망증이 심한 이 나라에서, 가증스러운 셈법이 지배하는 이 시대를 지나 살아남는 사람들은 그 떼거리가 다시 권력을 잡은 모습을 보게 될지도 모른다.

## 21

쓰라린 미래, 쓰라린 미래, 장미 나무들 사이에서 벌어지는 무도회*…….

## 22

**신중한 사람들에게**: 잡목 숲 위로 눈이 내리고, 내리는 눈은 끊임없이 우리를 뒤쫓아 오는 추적이다. 당신들의 집은 눈물 흘리지 않고, 당신들의 집에서는 인색함이 사랑을 짓누르며, 따뜻한 나날들의 연속 속에서 당신들의 불은 한낱 간병사에 불과하다. 너무 늦었다. 당신들의 암癌이 입을 열었다. 고향은 이제 아무런 힘도 없다.

## 23

총안銃眼이 나 있는 현재…….

## 24

프랑스는 낮잠에 빠진 어지러운 표류물처럼 반응하고 있다. 그나마 연합군 진영에서 분주하게 움직이는 배 밑바닥 수선공들과 배 목수들까지 난파자가 되지는 말아야 한다!

## 25

하루에서 떨어져 나온 정오. 요새처럼 사람들과 분리된 자정. 고약한 조종弔鐘이 울리고, 한 시, 두 시, 세 시, 네 시가 끝내 입에 재갈을 물리지 못하는 자정…….

## 26

인간이라는 문자반 위에서 시계 바늘이 서로를 집어삼키는 오늘, 이제 더 이상 시간은 시계의 도움을 받지 않는다. 시간은 개밀 같은 잡초고, 인간은 개밀의 정액이 될 것이다.

## 27

레옹은 미친개들이 아름답다고 단언한다. 나도 그렇게 생각한다.

## 28

자신의 배설물보다 항상 앞서 나가는 유형의 인간이 있다.

## 29

이 시대는 아주 특별한 수유법授乳法으로, 예전에 사회가 자기들 앞에 세워 놓았던 바리케이드를 장난처럼 뛰어넘는 너절한 인간들의 번성을 촉진하고 있다. 장차 그 추악한 비축 식량이 바닥나게 되면 그자들을 고무시키는 역학이 무너지고, 동일한 역학에 의해 그자들도 함께 무력화될까?

(그리고 가능한 한 적은 사람들이 간질병에서 살아남기를.)

## 30

대공大公은 레지스탕스에 몸을 던지면서 자신의 진실을 발견했다고 내게 털어놓는다. 그때까지 그는 자기 삶의 불평 많고 의심 많은 배우였다. 불성실이 그를 망가뜨렸다. 불모의 우울이 차츰차츰 그를 사로잡았다. 지금 그는 *사랑하고*, 힘을 쏟고, 자원하고, 진술하고, 주도한다. 나는 이 삶의 연금술사를 아주 높이 평가한다.

## 31

나는 짧고 간단하게 쓴다. 나는 절대로 자리를 오래 *비울* 수 없다. 길게 늘어놓다 보면 망상에 빠지게 될 것이다. 목동들의 경배는 더 이상 지구에 유익하지 않다.

## 32

흠 없는 인간은 크레바스 없는 산이다. 나는 그런 사람에게 관심 없다.

(수맥 찾는 사람과 항상 불만인 사람의 규칙.)

### 33

울새, 뜰이 황량할 때 찾아오던 내 친구, 올가을 그대의 노래는 식인귀들이 몹시 듣고 싶어 할 추억들을 조각조각 무너뜨립니다.

### 34

네 집과 혼인하되 혼인하지 마라.

### 35

당신은 과실 맛의 한 부분이 될 것입니다.

### 36

기진맥진한 하늘이 땅속으로 스며드는 시절, 인간이 두 개의 경멸 사이에서 죽어 가는 시절.

### 37

혁명과 반혁명이 또 한 번 정면으로 맞붙기 위해 가면을 쓴다. 잠깐의 자유! 독수리들의 싸움에 문어들의 싸움이 이어진다. 인간의 재능은 명료한 진리를 찾아냈다고 생각하면서, 치명적인 진리를 죽임을 *정당화하*는 진리로 가공한다. 장갑裝甲을 두르고 숨을 헐떡거리는 세계의 전면에서 대단한 계시의 수혜자들이 벌이는 거꾸로 가는 퍼레이드! 신화와 상징들의 눈에 집단 노이로제 증세가 나타나는 동안, 인간의 정신은 거의 일말의 회한도 없이 삶을 형극에 처한다. *그려진 꽃, 추한 꽃이 열광적인 햇살 속에서 제 시커먼 상체를 회전시킨다. 샘이여, 그대는 어디 있는가? 치유제여, 그대는 어디 있는가? 질서여, 너는 마침내 바뀔 것인가?*

### 38

그들은 자신들의 편견 덩어리의 무게에, 또는 자신들의 잘못된 원칙에 취해, 와르르 무너진다. 그들을 끌어들이고, 정화하고, 가볍게 만들고, 단련시키고, 유연하게 만드는 것, 그리고 어떤 지점부터 통념은 전혀 대수로운 게 아니라는 사실을 그들에게 설득하는 것, 요컨대 "당면 문제"는 생사의 문제이지 운명의 대양 위에서 흔적도 없이 침몰할 위기에 처한 문명의 내부에서 어떤 작은 차이들을 중시하느냐의 문제가 아니라는 사실을 그들에게 설득하는 것, 이것이 바로 내 주위 사람들의 동의를 받으려고 내가 애쓰는 것이다.

### 39

우리는 알고 싶다는 맹렬한 욕망과 이미 알아 버렸다는 절망 사이에서 찢겨 있다. 가시는 쓰라린 고통을 포기하지 않고, 우리는 우리의 희망을 포기하지 않는다.

## 40

규율이여, 너는 가차 없이 피를 뽑는구나!

## 41

때로 권태의 방수막이 있으니 망정이지, 그렇지 않다면 심장은 박동을 멈출 것이다.

## 42

밀고자의 운명을 결정지은 두 번의 총격 사이에, 그는 표적을 이렇게 부르는 여유를 보였다. "마담."*

## 43

이것이 혼례인지 애도인지, 독인지 물약인지, 아름다움인지 병인지 결정하던 입이여, 쓰라린 고통과 고통의 오로라인 달콤함은 어찌 되었는가?

한층 악화되어 썩어 가는 흉측한 머리!

## 44

친구들아, 허공과 땅의 경계에서, 단순명료한 작업을 위해 눈*은 눈을 기다린다.

## 45

여인들 주위에서, 몇몇 신들의 열정에 감동하고 또한 현자들의 작업에 불현듯 화를 내면서, 나는 꽃으로 장식된 나라, 자상한 나라를 꿈꾼다.


### 46

행동은, 반복되더라도, 순결하다.


### 47

마르탱 드 레이안'은 우리를 은밀한 모사꾼들이라고 부른다.


### 48

나는 두렵지 않다. 현기증이 날 뿐이다. 나는 적과 나 사이의 거리를 좁혀야 한다. 적과 *수평*으로 맞서야 한다.


### 49

영원한 무無가 우리의 마음을 끌 수 있는 건, 거기서는 가장 아름다운 날이 이 날일 수도 있고 저 날일 수도 있기 때문이다.
(그 가지를 잘라 버리자. 그 어떤 꿀벌 떼도 거기 와서 집을 짓지 않을 것이다.)


### 50

모든 것, **그 모든 것**에 맞서는 콜트 권총 한 자루, 떠오르는 태양의 약속!

그를 원산지에서 뽑아내자. 불완전한 성공 가능성도 고려하면서, 미래와 조화를 이룰 것 같은 땅에 그를 옮겨 심자. 그가 자신의 성장을 감각적으로 체험하게 하자. 이상이 내 *능숙한 솜씨*의 비결이다.

"모루의 생쥐들." 예전에는 이 이미지가 내게 매력적으로 보였을 것이다. 그 이미지는 분봉하듯 날아올라 자체의 섬광 속에서 떼로 죽어 가는 불똥들을 떠올려 준다. (모루는 식었고, 쇠는 붉지 않고, 상상력은 황폐해졌다.)

얼마 전부터 불기 시작한 미스트랄이 상황을 쉽게 만들어 주지는 않았다. 시간이 흐르면서 나의 불안은 커졌고, 도로 위로 지나가다가 멈춰 서서 우리를 공격할 수도 있는 수송 차량 행렬의 동정을 까보가 몰래 감시하고 있다는 사실만이 그나마 위안이 되었다. 첫 번째 상자는 지면에 닿으면서 폭발했다. 불길이 바람을 타고 숲으로 번졌고, 이내 지평선 위에 생경한 얼룩을 만들었다. 비행기가 기수를 조금 돌려서 두 번째 공중 투하를 했다. 알록달록한 생사生絲에 매달린 원통형 용기들이 아주 넓은 공간에 흩어졌다. 여러 시간에 걸쳐, 우리는 세 그룹으로 나뉘어 지옥 같은 조명 한복판에서 분투했다. 한 그룹은 불길과 싸우느라 삽과 도끼를 분주하게 움직였고, 두 번째 그룹은 흩어진 무기와 폭약을 찾아 트럭에 싣느라 달음박질쳤고, 세 번째 그룹은 경호 임무를 맡았다. 겁에 질린 다람쥐들이 소나무 꼭대기에서 조그만 혜성들처럼 불꽃 속으로 뛰어들었다.

적은 아슬아슬하게 우리를 비껴갔다. 적보다 먼저 여명이 우리를 덮쳤다.

(개인적인 일화를 경계하라. 그건 역장이 전철수를 미워하는 역 같은 것이니까!)


### 54

5월의 별들…….

눈을 들어 하늘을 쳐다볼 때마다, 구역질로 내 턱이 내려앉는다. 이제는 더 이상 들리지 않는다. 내 지하실의 서늘함에서 올라오던 *쾌락의 신음 소리*, 반쯤 열린 여인의 웅얼거림 소리가. 까마득한 시절의 선인장들 재가 나의 사막을 풍비박산 내는구나! 이제 나는 더 이상 죽을 힘도 없다…….

태풍, 태풍, 태풍…….


### 55

절대로 최종적으로 빚어진 게 아니어서, 인간은 그 정반대를 은닉하고 있다. 이런저런 유인誘因의 표적이 되느냐 아니냐에 따라, 인간의 순환 과정은 저마다 상이한 궤적을 그린다. 거대한 외래 실습 화장장에서 돌발하는, 이유를 알 수 없는 의기소침과 터무니없는 영감을 어떻게 자제력으로 피할 수 있겠는가? 아!
표피의 계절들을 따라 아낌없이 순환하자, 아몬드 씨의 맥박이
자유롭게 뛰는 동안……

## 56

한 편의 시는 맹렬한 상승이다. 그리고 시는 바싹 말라 버린 강
둑의 놀이다.

## 57

샘은 바위고, 혀는 잘렸다.

## 58

말, 폭우, 얼음, 피가 결국은 공통의 서리를 만들어 낼 것이다.

## 59

때때로 *위엄 있게* 눈을 감지 않는다면, 인간은 볼만한 가치가
있는 것들을 더 이상 보지 못하게 될 것이다.

## 60

말하는 대신 더듬대며 머뭇거리는 사람들, 단언해야 하는 순간
에 얼굴 붉히는 사람들의 상상력에 햇볕을 쬐어 주자. 그들이
굳건한 동지들이다.

## 61

북아프리카에서 온 장교 한 사람은 그가 "항독 지하 운동가 놈
들"이라고 부르는 내 동지들이 자기로서는 의미를 파악하기 어
려운 언어로 의사 표현을 하는 것에 놀란다. 그의 귀가 "이미지
언어"에 닫혀 있기 때문이다. 은어는 좀 특이할 뿐이지만, 이곳
에서 통용되는 언어는 우리가 항상 내밀한 관계를 유지하며 살
아가고 있는 생명체와 사물들이 우리에게 옮기는 경탄의 감정
에서 비롯된 것이라고 나는 그에게 설명해 주었다.

## 62

우리의 유산 상속에는 선행하는 아무런 유언장도 없다.

## 63

우리는 자기 자신이 만들어 내는 대의, 우리와 일체가 되어 우
리를 불타오르게 만드는 대의를 위해서만 열심히 싸운다.

## 64

"사람들이 *나중에* 우리를 어떻게 대할까요?" 미노의 뇌리를 떠
나지 않는 물음인데, 열일곱 살인 그는 이렇게 덧붙인다. "나는 다
시 열다섯 살 때의 형편없는 놈이 될지도 몰라요……." 지나칠 정
도로 항상 동료들의 본보기에 영향받고, 너무 개성 없이 동료들의
선의와 똑같은 선의를 지닌 그 아이는, 전혀 자기 자신을 들여다
보지 않는다. 지금으로서는 그 점이 그 아이를 구해 주고 있다. 나

는 그 아이가 *나중에*, 무심함 때문에 고양이들의 먹잇감이 되는 매력적인 도마뱀 무리로 돌아가지 않을까 염려된다…….

65

안타깝게도, 저항자들의 자질이 모두 한결같지는 않다! 엄정하고 밭고랑 같은 성품의 조제프 퐁텐, 프랑수아 퀴쟁, 클로드 드 샤반, 앙드레 그리예, 마리위스 바르두앵, 가브리엘 베송, 의사장 루, 오레종의 밀 저장 창고를 위험의 요새로 개조하는 로제 쇼동 같은 사람들이 있는가 하면, 생산하기보다 과실을 누리는 데 더 관심이 많은 약삭빠른 어릿광대들은 또 얼마나 많은가! **해방**이 오면, 그 허무의 수탉들이 우리 귀에 대고 낭랑하게 울어젖힐 게 뻔하다…….

66

삶에 비굴을 강요하는 그 두려움을 수긍하지만, 나는 즉각 나를 도우러 달려올 수많은 단호한 우정들을 만들어 낸다.

67

기상 예보관인 아르망은 자신의 역할을 수수께끼 같은 업무라고 규정한다.

68

라인강 동쪽에는 뇌 속의 찌꺼기. 이쪽에는 정신의 난맥상.

## 69

나는 정치적 도착 증세로 파멸한 인간, 행동과 속죄를 혼동하고, 자신의 총체적 파괴를 정복이라고 부르는 인간을 보고 있다.

## 70

악마들의 조용히 침묵하는 술.

## 71

밤, 우리 뼈를 깎아 만든 부메랑처럼 날랜, 그리고 쉭쉭 휘파람 소리를 내는…….

## 72

원시인으로 행동하고 전략가로 예견하자.

## 73

오늘 밤 귀뚜라미 한 쌍이 노래하던 풀밭의 속흙 말대로라면, 전생의 삶은 아주 감미로웠을 것이다.

## 74

혼자이면서 여럿. 칼집 속의 칼처럼 철야이자 잠. 별개의 음식들을 소화하는 위. 제단 촛대의 고도.

## 75

정확히 도움에 대한 향수를 일깨우는, 소나기 같은 저 전파(런던) 때문에 꽤나 우울하다.

## 76

횡설수설하는 카를라트에게 나는 이렇게 말했다. "죽으면, 그때 가서 죽음의 문제들에 신경 쓰시오. 우리는 더 이상 당신과 함께하지 않을 겁니다. 우리 자원을 총동원해도, 우리의 일을 해결하고 그 빈약한 결과를 눈으로 확인하기에도 충분치 않아요. 먹구름이 당신의 산꼭대기들을 질식시키고 있기 때문에, 나는 안개가 우리의 길을 무겁게 짓누르는 걸 원치 않습니다. 지금이 탈바꿈하기에 딱 좋은 시간입니다. 이 시간을 유익하게 활용하거나, 아니면 떠나시오."

(카를라트는 화려한 수사에 민감하다. 그는 소리만 요란한 패배주의자, 살찐 적외선이다.)

## 77

당신과 하나로 맺어져야 *하*는 것을 어떻게 외면하고 피할 수 있을까? (현대성의 일탈)

## 78

어떤 상황에서는 희열을 제때 억제하는 것이 가장 중요하다.

## 79

나는 프로방스의 밀렵꾼들이 우리 캠프에 와서 싸울 수 있게 해준 행운에 감사한다. 숲에 대한 그 원시인들의 기억, 그들의 예측 능력, 비가 오든 눈이 오든 변함이 없는 그들의 날카로운 후각에 탈이 날 수 있으리라고는 상상도 하기 어렵다. 나는 그들이 신처럼 우러름을 받을 수 있게 만들겠다.

## 80

우리는 항성에서 온 치유 불능의 환자들, 악마 같은 삶 때문에 건강하다는 착각에 빠진 환자들이다. 왜? 삶을 소모하고 건강을 비웃으려고?
(나는 지적 유산인, 이런 종류의 근육 이완성 비관주의로 기우는 나의 성향과 맞서 싸워야 한다.)

## 81

동의는 얼굴을 환히 빛나게 한다. 거부는 얼굴을 아름답게 만든다.

## 82

검소한 아몬드 나무, 투쟁적이고 몽상적인 올리브 나무여, 땅거미의 부챗살 위에 우리의 기이한 건강을 배치해라.

## 83

시인, 산 자의 무한한 얼굴들을 보존하는 사람.

한 사람의 수련을 책임지고 있으면서 그 사람과의 내밀한 관계에서 되돌아서 나오는 것, 그것은 마음의 생살을 드러내듯 고통스러운 일이다. 결박되어, 마지못해, 그 숙명을 겪으면서, 나는 그 사람에게 용서를 구한다.

차갑게 얼어붙은 호기심. 대상 없는 평가.

가장 순수한 수확물들은 존재하지 않는 땅에 파종된다. 그 수확물들은 감사의 마음을 비워 내고 오직 봄에게만 빚을 진다.

LS*, 뒤랑스 12 임시 은닉처*와 관련하여 감사드립니다. 그곳은 오늘 밤부터 임무에 들어갑니다. 현장에 배치된 신참 부대원들이 뒤랑스빌의 거리에 너무 자주 나가는 일이 없도록 감독하시오. 여자들과 카페는 일 분 이상은 위험합니다. 그렇지만 고삐를 너무 죄지는 마시오. 나는 팀 내부에 밀고자가 생기는 걸 원치 않습니다. 조직 외부와는 연락하지 않게 하시오. 허세를 차단하시오. 첩보 부서는 두 개의 출처로 비교 검증하시오. 대부분의 경우에, 절반쯤은 허구로 간주하시오. 주의를 기울이고, 정확하게 보고하고, 상황을 산술적으로 계산해 낼 수 있게 부대

원들을 가르치시오. 풍문들을 수집하고 종합하시오. 낙하지점
과 우편함은 밀밭 친구의 집입니다. 바펜*의 작전 가능성, 레메*
의 외국인 수용소, 그 파장이 유대인들과 항독 운동가들을 덮칠
수도 있습니다. 스페인 공화파들이 아주 위험합니다. 긴급히 그
들에게 알리시오. 당신은 전투를 피하시오. 임시 은닉처가 무
엇보다 중요합니다. 위험 신호를 받으면 즉각 흩어지시오. 포로
가 된 동료를 구해야 할 때 말고는, 절대로 적에게 존재를 드러
내지 마시오. 수상쩍은 자들은 미리 차단하시오. 당신의 분별
력을 믿습니다. 기지가 절대로 노출되지 않게 하시오. 기지는
존재하지 않고, 담배 안 피우는 숯쟁이 아낙들이 있을 뿐입니
다. 비행기가 지나갈 때는 절대로 빨래를 널지 말고, 사람들은
모두 나무 밑이나 잡목림 속에 숨어야 합니다. 밀밭 친구와 **잠수
병**潛水兵* 외에는, 내 쪽에서 당신을 보러 가는 사람은 아무도 없
을 것입니다. 부대원들은 엄격하면서도 정중하게 대하시오. 우
정은 규율의 딱딱함을 줄여 줍니다. 일할 때는 언제나 다른 사
람보다 몇 킬로 더 짊어지되, 그걸로 우쭐하지는 마시오. 부대
원들보다 훨씬 적게 먹고 담배도 적게 피우시오. 누구를 누구보
다 편애하지 마시오. 즉흥적이고 속셈이 없는 거짓말만 허용하
시오. 부대원들이 멀리서 서로를 부르지 않게 하시오. 부대원들
이 자기 몸과 침구를 청결하게 유지하게 하시오. 부대원들에게
작은 목소리로 노래하게, 습관적으로 뇌리에 떠오르는 노래를
휘파람으로 불지 않게, 사실을 있는 그대로 말하게 가르치시오.
밤에는 오솔길 가장자리로 걷게 하시오. 경계해야 할 것들을 넌

지시 일러 줘서, 그것들을 찾아내는 공로는 부대원들의 몫으로 남겨 두시오. 경쟁심은 아주 좋습니다. 단조로운 습관들은 막으시오. 당신이 보기에 이내 없어지지 말았으면 싶은 습관들을 부추기시오. 마지막으로, 부대원들과 같은 순간에, 그들이 사랑하는 사람들을 사랑하시오. 더해야지, 나누지 마시오. 이곳은 모든 게 순조롭습니다. 애정을 담아. **히프노스.**

### 88

당신은 어떻게 내 목소리를 듣나요? 내가 이토록 먼 곳에서 말하고 있는데…….

### 89

닷새 밤 동안 계속된 경계 근무에 기진맥진한 프랑수아가 내게 말한다. "내 칼을 커피 한잔과 기꺼이 맞바꾸겠어요!" 프랑수아는 스무 살이다.

### 90

오래진에 시간의 서로 다른 조각들에 이름이 붙여졌다. 이건 하루, 저건 한 달, 저 텅 빈 교회는 일 년. 지금 우리는 죽음이 가장 난폭하고 삶이 가장 분명하게 규정되는 순간에 다가가고 있다.

### 91

우리는 우물을 갈취당한 우물 가장자리 돌 근처에서 배회하고 있다.

### 92

분노한 얼굴로 목소리를 높이지 않는 모든 것.

### 93

집요한 인내의 싸움.
우리를 실어 가던 교향악이 멎었다. 대안을 생각해야 한다. 숱한 신비들이 간파되지도 않고 파괴되지도 않았다.

### 94

오늘 아침, 내가 돌 두 개 사이로 미끄러지는 아주 작은 뱀 한 마리를 살펴보고 있을 때, 펠릭스가 소리쳤다. "애도의 도마뱀이에요." 지난주에 죽임을 당한 르페브르의 사멸이 미신처럼 마음속에 像으로 떠오른다.

### 95

**말씀**의 어두움이 나를 마비시키면서 나를 면역시킨다. 나는 몽환적인 임종에 동참하지 않는다. 돌같이 단단한 절제로, 나는 아득한 요람들의 어머니로 남는다.

### 96

너는 너 자신을 다시 읽을 수 없지만 서명할 수는 있다.

비행기가 급강하한다. 눈에 보이지 않는 조종사들은 바닥짐을 줄이듯 자신들의 밤의 정원을 떨어뜨리고, 이윽고 기체 겨드랑이 밑에서 작업이 끝났음을 알리는 불빛 하나가 짤막하게 빛나리라는 것을 예감한다. 남은 일은 흩어진 보물을 수습하는 것뿐이다. 시인도 마찬가지다······.

한 편의 시가 그리는 비행 궤적. 그 궤적이 누구에게나 *감지될* 수 있어야 할 것이다.

그 불쌍한 장애인, 대독 협력 거부자들을 유숙시켰다는 이유로 친독 의용대원들이 그 사람 소유의 사냥개들을 몰수한 뒤에 바셰르에서 살해한 그 장애인이, 내게는 죽은 새끼 자고새처럼 보였다. 그를 처단하기 전에 망나니들은 작전에 동참한 한 여자와 오랫동안 농탕질을 했다. 한쪽 눈이 뽑히고 갈비뼈가 내려앉은 상태에서, 죄 없는 남자는 그 생지옥과 **그들의 조롱**을 넋을 잃고 바라봤다.
(우리는 그 여자를 체포했다.)

우리의 행동과 모럴을 고양하고 확장하기 위해, 우리는 우리의 격한 분노와 환멸을 극복해야 하고, 그 감정들을 공유해야 한다.


### 101

상상력, 나의 아이.


### 102

기억은 추억에 영향을 미치지 못한다. 추억은 기억에 대해 무력하다. 행복은 이제 *짝짓기하지* 않는다.


### 103

우리의 성공 확률을 측정해 주는 일 미터 길이의 내장.


### 104

두 눈만이 아직도 고함을 내지를 수 있다.


### 105

정신은, 등불이 꺼지는 즉시 주방을 긁어 대는 곤충처럼, 이리저리 왔다 갔다 하며, 침묵을 달그락거리고 지저분한 잡동사니들을 만지작거린다.


### 106

지옥처럼 끔찍한 의무들.

우리는 잠시 머무는 손님에게 하듯 눈물에게 잠자리를 제공하지는 않는다.

108

열정적인 권한과 행동 규칙들.

109

우리 눈물 위로 내리는 밤을 고요하게 만들어 주는 저 꽃들의 묵직한 향기.

110

영원은 절대로 삶보다 길지 않다.

111

우리 눈에서 빛이 쫓겨났다. 빛은 우리의 뼛속 어딘가에 묻혔다. 빛에게 왕관을 되돌려 주기 위해 이번에는 우리가 빛을 쫓는다.

112

우주적 승인의 천국 같은 음색.
(내 어두운 밤의 가장 비좁은 골짜기에서, 내게 그런 자비가 베풀어지기를. 애당초 어림짐작이 불필요할 정도로 까마득한 높

이에서 포착된 신호들보다도 더 감동적이고 의미심장한.)

### 113

일종의 종교, 어마어마한 고독 속에서, 그러나 사랑하는 얼굴이 점점 더 지워져 가는, 일용할 *양식* 없는 이 막다른 궁지들의 연속 속에서, 일어나지 않을 일의 가까운 친구가 되어라.

### 114

나는 동의同意의 시는 쓰지 않겠다.

### 115

올리브 동산에서, 누가 가외의 사람이었는가?

### 116

사람들이 드러내는 이중성에 지나치게 신경 쓰지 마라. 사실상, 광맥은 여러 곳에서 절단되어 있다. 그 사실 때문에 화를 내기보다는 오히려 활력소로 삼으라.

### 117

클로드가 내게 말한다. "여자들은 정말 황당하기 짝이 없어요. 남자가 여자와 깊은 관계에 들어갈수록, 여자들은 점점 더 그 관계를 복잡하게 만들어요. '빨치산'이 된 날 이후로, 나는 불행하거나 낙담한 적이 없어요……."

베이지 않고는 자기 삶을 깎고 다듬을 수 없다는 걸 클로드에게
지금이라도 가르쳐 줘야 하겠다.

### 118

징벌의 여인.
부활의 여인.

### 119

나는 내가 사랑하는 여인을 생각한다. 문득 그녀의 얼굴이 가려
졌다. 그러자 빈자리도 병들어 아프다.

### 120

당신이 당신의 램프에 성냥을 갖다 대도 점화된 불꽃은 밝혀 주
지 않는다. 그 빛무리가 비추는 것은 먼 곳, 당신으로부터 아주
먼 곳이다.

### 121

나는 중위를 겨냥했고 에스클라브상은 대령을 겨냥했다. 꽃
핀 금작화들이 샛노란 향기의 연무 뒤에 우리를 숨겨 주었다.
장과 로베르가 수류탄을 던졌다. 작은 대열을 이루어 오던 적
이 이내 도망쳤다. 기관총 사수는 예외였지만, 미처 위협이 될
틈이 없었다. 그의 배가 터져 버렸기 때문이다. 두 대의 차량을
우리는 달아나는 데 사용했다. 대령의 서류 가방은 흥미진진

한 내용으로 가득했다.

## 122

가난뱅이 여인-샘, 호사스러운 샘.

(행군이 우리 허리에 톱질을 하고, 입속을 굴삭했다.)

## 123

저 젊은이들에게 있는, 양심의 의무를 다하려는 감동적인 욕구.
그들의 아버지들이 숱하게 오르내린 계층 사다리의 흔적은 전
혀 없다. 아! 인간의 조건, 언젠가 다시 복원해야 할 일이 생기
지 않을까 걱정할 필요가 전혀 없는 인간 조건의 올곧은 길로 저
들을 이끌 수 있어야 한다. 그러나 신은 우리의 분쟁에서 한 걸
음 물러나 있고 기원起源의 쥠틀은 제 힘이 빠져나가는 것을 느
끼니, 나로서는 그 조짐이 포착되지 않는 폭넓은 사유와 엄밀한
적용이 새로운 전문가들에게는 꼭 필요할 것이다.

## 124

**혈거穴居-프랑스**

## 125

지성이 수뇌부의 지도地圖에 도움받지 않고 길 나서게 하라.

## 126

현실과 현실에 대한 진술 사이에 현실을 고양시키는 너의 삶이 있고, 현실에 대한 진술을 파탄에 이르게 만드는 나치의 비열함이 있다.

## 127

우주의 사방치기 놀이판 위에 있는 나라들이, 구조적으로 불가분의 관계에 있는 몸속 기관들처럼, 서로서로 밀접하게 상호 의존하는 시대가 올 것이다.

기계들로 가득 차서 터져 버릴 것 같은 두뇌가, 꿈과 탈주라는 가느다란 실개천의 존재를 여전히 보장해 줄 수 있을까? 인간은, 발명가들의 노래에 이끌려, 몽유병 환자의 걸음걸이로 죽음의 지뢰밭을 향해 걷고 있다…….

## 128

빵집 주인이 가게의 철제 셔터를 미처 내리기도 전에, 마을은 이미 포위되고, 재갈 물리고, 최면에 사로잡히고, 꼼짝할 수 없는 상태에 빠져 있었다. 두 개의 SS 부대와 친독 의용대의 분견대가 마을을 기관총과 박격포의 아가리 앞에서 숨죽이게 만들었다. 그리고 시련이 시작되었다.

주민들은 집 밖으로 내몰렸고, 중앙 광장으로 모이라는 명령을 받았다. 집 열쇠는 문에 걸어 두었다. 귀가 어두워서 명령을 금방 이해하지 못한 노인 한 사람은 자기 집의 네 벽과 헛간 지붕

이 폭탄에 부서져서 산산이 날아가는 것을 보았다. 네 시부터 나는 깨어 있었다. 마르셀이 와서 내 방의 덧문에 대고 속삭이 듯 작은 목소리로 위험 상황을 알린 것이다. 나는 감시선을 뚫고 들판으로 나가려고 해 봐야 아무 소용없다는 것을 즉시 깨달았다. 나는 재빨리 숙소를 바꾸었다. 내가 피신한 폐가는 마을 끄트머리에 있어서 효과적인 무장 저항이 가능했다. 나는 창가의 누렇게 변색된 커튼 뒤에서 점령군이 신경을 곤두세운 채 오가는 것을 계속 지켜볼 수 있었다. 내 동료들은 아무도 마을에 있지 않았다. 그 사실이 나를 안도시켰다. 그들은 몇 킬로미터 떨어진 곳에서 내 신호를 기다리며 납작 엎드려 있을 것이다. 사이사이 욕설이 섞인 총소리가 들려왔다. SS 대원들이 올무를 걷고 돌아오던 젊은 석공 한 사람을 덮친 것이다. 공포에 질린 모습을 보고 그자들은 석공을 고문하기 시작했다. 멍들고 부풀어 오른 몸뚱이에 대고 목소리 하나가 짖어 댔다. "그자 어디 있나? 안내해." 뒤이은 침묵. 그러자 비 오듯 쏟아진 발길질과 개머리판 세례. 불같은 분노가 나를 사로잡았고, 내 마음에서 번민을 몰아냈다. 내 두 손에서 부르르 떠는 땀이 내 총에 전해져서, 총의 억눌린 힘을 끓어오르게 했다. 나는 그 불행한 젊은이가 앞으로도 5분 동안은 입을 열지 않겠지만, 결국에는 필연적으로 *말하게* 될 것이라고 예측했다. 그 5분이 가기 전에 그가 죽기를 바라면서 나는 수치스러웠다. 바로 그때, *미리 준비된 계획*에 따라, 집합 장소로 가는 여자들, 아이들, 노인들의 물결이 거리거리마다 모습을 나타냈다. 사람들은 서두르지 않고 침착하게 발길을 서둘렀고, 말 그대로 물결을 이루어 SS 대원들을 덮쳤고, "진심과 열의를 다해" 그들을 꼼짝하지 못하게 만들었다. 석공이 죽었다고 생각한 대원들은 그를 그냥 내버려 두었다. 몹시 화를 내면서, 순찰대는 군중 사이를 헤치고 멀어져 갔다. 그제서야 아주아주 조심스럽게, 선량하고 불안한 눈들이 내 쪽을 바라봤고, 마치 등잔불처럼 내 창문에 빛줄기를 던져 주었다. 나는 반쯤 몸을 드러냈고, 내 창백한 얼굴에서는 미소가 드러났다. 한 오라기라도 끊어지면 안 되는 무수한 신뢰의 끈으로, 나는 그 사람들과 연결되어 있었다.

나는 그날 나와 동류인 사람들을, 희생보다 훨씬 더, 열렬히 사랑했다.

### 129

우리는 늪의 삼엄한 어둠 속에서 서로를 부르면서도 서로를 보지 못하는, 전 우주의 숙명을 자신들의 사랑의 호소에 복종시키는 저 두꺼비들을 닮았다.

### 130

나는 산악 쓰레기들을 재료로 얼마 동안 빙하를 향기롭게 해 줄 사람들을 만들어 냈다.

### 131

함께 하는 식사마다, 우리는 자유를 동석하라고 초대한다. 자리는 비어 있지만 식기는 계속 놓여 있다.

### 132

상상력은 서로 다른 정도로 모든 인간의 정신에 들러붙지만, 정신이 "불가능"과 "도달 불가능"만을 최종적 임무로 제시하면 서둘러 정신과 결별하는 것 같다. 시가 어디서나 지고한 건 아니라는 사실을 받아들여야 한다.

### 133

"인간이 자비롭지 않기 때문에 자선 사업은 계속 유지되어야 할 것이다." 멍청한 말이다. 아! 수치스러울 정도의 허접함.

### 134

우리는 산속 호수의 얼음 속에 산 채로 포획되어 있는 저 물고기들 같다. 물질과 자연은 낚시꾼의 행운에는 거의 손대지 않으면서, 그 물고기들을 보호하는 듯하다.

### 135

이런저런 현실적 도움이 되기 위해 사람들을 사랑하지는 말아야 하겠다. 그저 사람들의 시선이 자기보다 더 궁핍한 자에게 머물 때 그 시선에 나타나는 이런저런 표정을 좀 더 선량한 표정으로 만들어 주고, 그들의 삶의 어떤 기분 좋은 순간을 조금이라도 더 연장해 주고 싶어 해야 한다. 그런 방식으로 접근해서 그들 각자의 뿌리가 치유되면, 사람들의 호흡은 한층 평온해질 것이다. 무엇보다도 그들 각자가 걷는 저 험난한 오솔길을 완전히 없애 주지는 말아야 한다. 그 오솔길의 수고로움 끝에, 진리의 자명성이 눈물과 과실果實을 통해 드러나기 때문이다.

### 136

젊음이 삽을 들고 있다. 아! 젊음으로부터 그 삽을 박탈하지 마라!

### 137

염소들은 양 떼의 오른쪽에 있다. (목동이 솜씨가 있고 개가 믿음직한 경우에는, 술수가 순결무구함과 나란히 함께 가는 것도 좋다.)

### 138

끔찍한 하루였다! 백 미터쯤 떨어진 거리에서, 나는 B의 처형을 지켜봤다. 내가 자동 소총의 방아쇠만 누르면 그는 구출될 수 있었다! 우리는 세레스트가 내려다보이는 언덕 위에 있었는데, 관목 숲을 날려 버릴 만한 무기가 있었고 병력 숫자도 최소한 SS와 대등했다. 그자들은 우리가 거기 있다는 사실을 모르고 있었다. 여기저기 내 주위에서 발사 신호를 내려 달라고 간절히 애원하는 눈들에게, 나는 고갯짓으로 쏘지 말라고 응답했다…… 유월의 태양이 내 뼛속으로 극지의 한기를 흘려 넣었다.

마치 자신의 사형 집행자들이 눈에 보이지도 않는 것처럼 그는 쓰러졌고, 어찌나 가볍게 쓰러지는지, 내 생각에는, 아주 작은 미풍도 그를 땅바닥에서 들어 올릴 수 있을 것만 같았다.

*어떤 대가를 치르더라도* 그 마을이 무사해야 했기 때문에, 나는 사격 신호를 내리지 않았다. 마을이란 무엇인가? 그저 다른 마을과 비슷한 또 하나의 마을일 뿐인가? 어쩌면 그는, 그 최후의 순간에, 그걸 알았을까?

### 139

세월의 무게를 들어 올리는 것은 열정이다. 기만은 시대의 피로에 대해 늘어놓는다.

### 140

폭발로 시작되는 삶이 타협으로 끝날 것인가? 당치 않다.

### 141

반ㅈ-압제는 서서히 안개가 차오르는 저 골짜기고, 동력을 잃은 한 무리의 불화살들처럼 나뭇잎들이 덧없이 바스락대는 소리고, 잘 안배된 저 중력이고, 밤의 부드러운 외피 위에 무수한 줄을 긋는 짐승들과 벌레들의 저 희미하고 조심스러운 왕래고, 애무하듯 얼굴을 스치며 움푹한 볼 위에 붙은 저 개자리 씨고, 절대로 화재로 번지지 않을 저 달의 불빛이고, 우리는 그 의도를 알 수 없는 아주 미세한 내일이고, 미소 지으며 몸을 숙인 다채롭고 선명한 빛깔의 상반신이고, 몇 발자국 거리에 웅크린 채 자신의 가죽 벨트가 끊어질 것 같다고 생각하는 말수 적은 동료의 그림자고……. 그러니 악마가 우리와 만날 약속을 정한 시간과 장소가 아무려면 어떤가!

## 142

격노한 산과 경이로운 우정의 시절.

## 143

**산속의-이브**. 그 불가분의 온전한 삶이 정확히 우리들 밤의 심장 크기만 했던 젊은 여인.

## 144

나비의 뼈 같은 너의 노쇠한 뼈가 얼마나 분노로 가시를 세웠던가!

## 145

유예된 불안에 불과한 행복. 푸르스름한, 감탄스러울 정도로 불복종하는, 기쁨으로부터 솟아오르는, 현재와 현재의 모든 탄원을 모조리 가루로 만들어 버리는, 행복.

## 146

로제는 젊은 아내에게 신을-숨기고-있는-남편으로 존중받게 된 것이 너무나 기뻤다.

나는 오늘, 볼 때마다 로제의 마음을 끌었던 해바라기 밭 언저리를 지나갔다. 가뭄에 그 경탄스러운 꽃들, 그 무미건조한 꽃들이 머리를 숙이고 있었다. 그곳에서 몇 발자국 거리, 두꺼운 껍질 때문에 아무것도 듣지 못하는 늙은 뽕나무 발치에, 그의 피가 뿌려졌다.

## 147

나중에는 우리도, 화산은 더 이상 흘러나오지 않고 잡초들만 줄기 위에서 누렇게 시드는 분화구처럼 될까?

## 148

"저기 왔어요!" 새벽 두 시다. 비행기가 우리의 신호를 보고 고도를 낮춘다. 산들바람은 우리가 기다리는 손님이 낙하산을 타고 내려오는 것에 방해가 되지 않을 것이다. 달은 주석처럼 선명한 녹회색이다. 언제나 상황에 딱 맞는 말을 하는 레옹이 속삭인다. "고막鼓膜 훈련하는 시인들의 학교네."

## 149

깁스한 팔이 아프다. 부어오른 상태였는데도 존경하는 그랑 섹의사 선생은 아주 훌륭하게 응급조치를 취했다. 다행히도, 추락하는 순간에 나의 잠재의식이 적절한 임기응변으로 대처해 준 것 같다. 그렇지 않았다면 핀이 뽑힌 채 내 손에 들려 있던 수류

탄이 터져 버렸을 확률이 아주 크다. 다행히도, 독일 헌병대는 시동이 걸려 있던 자기네 트럭 엔진 소리 때문에 아무것도 듣지 못한 것 같다. 다행히도, 머리가 제라늄 화분 속에 떨어져서 나는 기절하지 않았던 것 같다……. 동료들은 나의 기지와 임기응변을 칭찬한다. 내 공은 전혀 없었다고 말해 봐도 그들은 거의 듣지 않는다. 모든 상황이 내 능력과는 무관하게 벌어졌다. 8미터 높이에서 추락했을 때, 나는 부서진 계란 바구니가 된 느낌이었다. 다행히도 그런 상황은 전혀 아니었다.

### 150

어떤 사람들의 운명을 결정짓는다는 느낌은 이상한 감정이다. 당신의 개입이 없었다면, 삶의 볼품없는 회전판은 그다지 뻗대며 반발하지 않았을 것이다. 그런데 중대하고 비장한 상황에 내던져져 있는 여기 이 사람들…….

### 151

너 스스로 "부재중"이라고 대답하라. 그러지 않으면 이해받지 못할 수 있다.

### 152

아침의 고요. 색채들의 불안. 새매의 *기회.*

## 153

이제 나는, 어떤 일이 일어나야 하는지 말아야 하는지를 결정하는 순간의 이 단순화할 필요성, 모든 것을 하나 안에 끌어들일 필요성을 더 잘 이해한다. 인간은 자신의 미로로부터 마지못해 멀어진다. 수천 년 된 신화들은 떠나지 말라고 인간을 압박한다.

## 154

시인은, 과장할 수도 있지만, 형벌 같은 고통 속에서 정확하게 감정한다.

## 155

나는 자기 심장이 상상하는 자유에 강렬하게 매혹당한 나머지, 자유랄 것도 없는 죽는 자유를 비켜 가기 위해 스스로를 희생 제물로 바치는 저 사람들을 사랑한다. 평범한 사람들의 경이로운 자질. (자유 의지는 존재하지 않는 것 같다. 인간은 자신의 세포들, 그 유전적 특성, 그 운명의 짧거나 긴 노정과의 관계 속에서 규정될 것이다……. 그렇지만 *이 모든 것*과 인간 사이에 끼어 있는 의외와 변모의 영역, 그에 대한 접근이 보장되고 존속이 보장되어야 할 별도의 영역이 존재한다.)

## 156

축적한 다음, 나누어 주라. 우주의 거울에서 가장 밀도 있고, 가장 유익하고, 가장 덜 눈에 띄는 부분이 되어라.

## 157

일요일, 포르칼키에서 매복 중에 피살된 로베르 G.(에밀 카바니)의 사망 소식에, 우리는 슬픔과 고통으로 거의 제정신이 아니다. 독일군은 나의 가장 훌륭한 투쟁 동료, 그의 조력 덕분에 우리가 매번 대재앙을 피할 수 있었던 동료, 그 확실한 존재감으로 혹시라도 빠질 수 있는 무기력과 낙담으로부터 우리 모두를 결정적으로 구해 주곤 했던 동료를 내게서 앗아 갔다. 이론적인 소양은 없지만 숱한 난관 속에서 성장한 남자, 줄곧 청명한 날씨처럼 선량했던 남자, 그의 예측과 진단은 흠잡을 데가 없었다. 그의 처신은 들끓는 대담성과 지혜로 조련되어 있었다. 재간이 많았던 그는 자신의 장점들을 그 최종적 귀결까지 밀고 나갔다. 마치 한 그루 자유의 나무처럼, 그는 자신의 마흔다섯 해를 수직으로 짊어지고 다녔다. 감정 표출 없이, 공연히 무게 잡지 않고, 나는 그를 사랑했다. 확고부동하게.

## 158

떠올려 생각해 보면, 우리는 도둑들과 살인자들의 비루한 강제 노역장에서도 보정 가능한 날개, 응어리 없는 미소를 찾아낼 수 있다. 종양-주먹을-가진-인간, 내부의 중대한 **살해범**이 우리에게 유리한 쪽으로 혁신을 불러왔다.

## 159

뻐꾸기와 은밀한 도망자가 된 우리 사이에는 너무나 밀접한 공통점이 있어서, 거의 눈에 보이지 않는 그 새, 서글픈 익명의 옷을 걸쳐 입고 시야를 가로질러 가는 그 새가, 갈가리 마음을 찢는 그 노래의 반향처럼, 긴 전율로 우리를 찢어 놓는다.

## 160

여명과 일출, 떠지는 눈과 추억하는 마음 사이에 자신의 경계를 표시하고 숨겨 놓는 사람들의 아침 이슬.

## 161

네가 스스로에게 약속한 것을 타인들에게 지켜라. 바로 그게 너의 계약이다.

## 162

시인이 자기 자신 속에서 정오의 상승력이 곧추 일어서는 것을 느끼는 시대가 왔다.

## 163

너의 무지갯빛 갈증을 노래하라.

## 164

충직하면서 턱없이 쉽게 상처받는 우리, 우리는 무상의 베풂(여전히 순화된 단어)에 결과에 대한 의무감을 맞세운다.

## 165

열매는 맹목이다. 보는 것은 나무다.

## 166

유산이 정말로 크려면, 고인의 손이 보이지 않아야 한다.

## 167

암캐인 케티는 우리만큼이나 손님맞이를 즐거워한다. 상황을 대담하게 자기식으로 이해하여, 짖지도 않고 이 사람 저 사람 사이를 오간다. 그 일이 끝나면, 녀석은 낙하산 더미 위에 기분 좋게 누워서 잠이 든다.

## 168

저항은 그저 희망일 뿐이다. 오늘 밤 구석구석 꽉 채운 만월이 되어, 내일이면 시편詩篇들이 지나가는 길 위의 비전이 될, 히프노스의 달처럼.

## 169

명석성은 태양에 가장 근접한 상처다.

## 170

드문 자유의 순간들은 무의식이 의식이 되고 의식이 무無(또는 미친 과수원)가 되는 순간들이다.

### 171

추위의 재가 거부를 노래하는 불꽃 속에 있다.

### 172

나는 제 빚을 타인에게 갚게 하는 사람, 더군다나 사이비 공로의
위엄을 더하여 그 빚을 무겁게 만드는 사람에게 연민을 느낀다.

### 173

어떤 여자들은 바다의 파도와 다르지 않다. 청춘의 온 힘으로
솟구쳐 올라, 되돌아오기에는 너무 높은 바위를 넘어선다. 이제
그 물웅덩이는 그 자리에, 감옥의 수인처럼 괴어 있을 것이고,
웅덩이가 품고 있는 소금 결정들, 쌩쌩하던 시절을 서서히 대체
하는 소금 결정들 때문에, 아름답게 반짝일 것이다.

### 174

진리의 상실, 선을 자처하는(타락하지 않은, 영감을 부여받은,
기발한 악은 유용하다) 저 계획된 비열함의 압제가 인간의 옆구
리에 상처를 냈고, 말로 표현된 적이 없는 아득히 먼 것(예기치
않은 생존자)에 대한 희망만이 그 상처를 어루만져 준다. 부조
리가 여기 이 세상의 주인이라면, 나는 부조리를, 비장한 확률
에 최대한 나를 근접시켜 줄 대전방지제帶電防止製로, 부조리를 선
택하겠다. 변함없이 급류 인간으로 남지 못하는 나, 나는 강둑
인간—굴착과 타오르는 분노—이다.

들판의 주민들은 나를 매혹한다. 그들의 악의 없고 여린 아름다움은 혼자 마음속으로 아무리 읊조려도 절대 물리지 않는다. 들쥐, 두더지는 풀밭의 환영幻影에 정신이 팔린 거무튀튀한 아이들, 발 없는 도마뱀은 유리琉璃의 자식, 귀뚜라미는 세상천지에 둘도 없는 순한 양, 타다닥 소리 내며 자기 속옷을 헤아리는 메뚜기, 취한 척하면서 소리 없는 딸꾹질로 꽃들을 성가시게 하는 나비, 드넓고 푸른 공간 덕분에 침착하게 철이 든 개미들, 그리고 바로 그 위로 유성처럼 날아다니는 제비들…….
초원이여, 그대는 매일매일의 깜짝 선물 상자다.

산중에서 입맞춤한 이후로, 시간은 두 손에 든 황금빛 여름과 비스듬한 송악 덩굴을 따라서 간다.

아이들은 아이로 머물면서 우리의 눈으로 보는 감동적인 기적을 실현한다.

내가 일하는 방의 회벽에 꽂아 둔 조르주 드 라투르의 채색 복사화 〈수인囚人〉은, 시간이 지나면서, 우리가 처한 상황 속에 그 그림의 의미를 투영하는 것 같다. 그 그림을 보면 가슴이 먹먹해

지지만, 또한 얼마나 우리의 갈증을 달래 주는지!

두 해 전부터, 문을 지나갈 때 그 촛불의 증표를 보고 눈빛을 이글거리지 않는 저항자는 하나도 없었다. 여인은 설명하고, 수인은 귀 기울인다. 붉은 옷을 입고 지상에 내려온 천사의 옆모습이 흘리는 말들은 본질적인 말, 즉각적으로 구원이 되는 말이다. 감옥의 안쪽에서, 매 순간 기름처럼 번지는 불빛이 앉아 있는 남자의 얼굴 윤곽을 늘어뜨리고 희미하게 지워 버린다. 마른 쐐기풀 같은 남자의 여윈 몸을 전율케 할 어떤 추억도 내게는 보이지 않는다. 사발은 깨어져 있다. 그러나 부풀어 오른 치마가 문득 감옥을 가득 채운다. 여인의 말은 그 어떤 여명보다도 훌륭하게 예기치 않은 것을 태어나게 한다.

인간들 사이의 대화로 히틀러의 어둠을 제압한 조르주 드 라투르에게 감사한다.


### 179

일사병으로 비틀거리는 우리에게 오세요, 괄시하지 않는 누이, 오, 밤이여!


### 180

지금은 창문들이 집에서 몰래 빠져나와, 우리의 세계가 모습을 드러낼 세상 끄트머리에서 불 밝혀지는 시간이다.

## 181

해가 쓰는 글씨 위에 몸을 숙였다가, 손에 든 개양귀비로 상과 벌을 깨끗이 비질하면서 학교로 달아나는 저 아이가 나는 부럽다.

## 182

감금된 산맥을 위한 리라.

## 183

상처받기 쉬운 존재와 분명하고 단호한 힘의 샘물에 그려지는 그 존재의 물수제비 사이, 거기 놓인 다리 위에서 우리는 싸우고 있다.

## 184

빵을 치유하라. 포도주를 식탁에 앉히라.

## 185

때때로 나의 피신처는 테르미도르 9일의 국민공회 회의에서 생쥐스트가 보여 준 침묵이다. 나는 그 침묵의 *방식*, *의사*소통 위에 영원히 내려진 그 셔터를, 아! 너무나 잘 이해한다.

## 186

우리는 매번 진리의 시작일 수밖에 없는 운명인가?

산 자들에게 의미 있는 행위는 죽은 자들에게만 가치가 있고, 그것을 상속받아 의문을 제기하는 의식들 속에서만 완성된다.

현실 세계와 나 사이에, 이제 더 이상 두꺼운 슬픔의 겹은 없다.

반항과 울화, 감정의 계보와 꽃차례는 무척이나 혼동을 일으킨다. 그러나 일단 호적수를 발견하면, 진리는 무소부재의 갑옷을 즉시 내려놓고 자기가 처한 상황 자체의 자원들을 가지고 싸운다. 구체화되면서 증발해 버리는 그 깊이의 감각, 그것은 말로 표현할 수 없다.

피할 수 없는 속수무책의 낯섦! 방어가 허술한 삶으로, 행복의 선명한 주사위들이 나올 때까지 달리기.

가장 올곧은 시간은 아몬드 씨가 그 완강한 단단함에서 터져 나와, 너의 고독을 조바꿈할 때다.

## 192

나는 나를 둘러싼 사람들의 몸짓 속에서, 희망, 강처럼 흘러올 내일의 정맥이 약해지는 것을 본다. 내가 사랑하는 얼굴들이 그들을 산酸처럼 부식시키는 기다림의 촘촘한 그물코 사이에서 시들어 간다. 아, 도움도 거의 없고 격려도 받지 못하고 있으니! 바다, 그리고 바다의 뚜렷한 발자취인 기슭은 적에 의해 통째로 밀봉되어, 우리 모두의 생각 밑바닥, 절망의 풍문과 부활에 대한 확신이 균등한 비율로 섞인 소재로 만들어진 거푸집 밑바닥에, 고스란히 매장되어 있다.

## 193

우리 잠의 무감각이 어찌나 완벽한지, 아주 작은 꿈의 달음박질도 우리의 잠을 가로질러 가지 못하고, 잠에 생기를 되찾아 주지 못한다. 죽음의 확률은 범람하는 절대의 홍수, 그 생각만으로도 우리가 소리쳐 부르고 애걸하는 삶의 유혹을 물리치기에 충분한 강력한 홍수가 삼켜 버렸다. 우리는, 이번에도, 서로를 많이 사랑해야 하고, 사형집행자의 폐보다 더 강하게 숨 쉬어야 한다.

## 194

치미는 울화에도 불구하고, 나는 잉크로 된 내 목소리를 보존하기 위해 스스로를 다잡는다. 그렇게 해서 나는 파벽추破壁錘가 펜촉으로 달린 펜, 끊임없이 식고, 끊임없이 다시 점화되고, 덩어리로 뭉쳐지고, 다시 펼쳐지는 펜으로, 단숨에, 이것은 쓰고 저

것은 무시해 버린다. 허영심의 로봇이라고? 맹세코 아니다. 자명한 진리를 확인 검토하고, 그것을 창조의 결과물로 바꿀 긴급한 필요성.

### 195

내가 무사히 빠져나간다면, 필수 불가결했던 이 몇 해 동안의 향기와 결별해야 하리라는 것, 나의 보물을 아무 말 없이 멀찍이 밀쳐놓아야(되돌려 놓는 것이 아니라) 하리라는 것, 전혀 장거葬擧를 이루지는 못한 채 지독한 불만족과 얼추 엿보았을 뿐인 앎, 묻기 좋아하는 겸허함 속에서 스스로를 모색하던 시절처럼, 아주 초라한 행동 원칙으로 나 자신을 되돌려 놓아야 하리라는 것을 나는 안다.

### 196

한순간 나의 호감이 회오리처럼 그의 주위를 감싸고 돌 저 사람, 도움이 되고자 하는 열의가 퍽 좋은 인상을 주는 그의 분위기와 일치하고 또 그 사람에 대한 내 계획에 부합한다는 점에서, 저 사람은 *기대할 만하다.* 우리 두 사람을 서로에게 수렴시키고 있는 것이 불가해하게도 서로에 대한 적의로 바뀌기 전에 서둘러 함께 일하자.

### 197

도약에 속할 것. 그 뒤풀이인 향연에는 끼지 말 것.

## 198

삶이 한갓 무딘 잠에 불과할 수도 있다면…….

## 199

시인에게는 두 개의 시기가 있다. 시가 모든 면에서 그를 구박하는 시기, 그리고 시가 미친 듯이 안겨 오는 시기. 그러나 둘 중 어느 시기도 온전히 한정되지는 않는다. 그리고 두 번째 시기가 최고인 것도 아니다.

## 200

네게 고통의 투명한 결정만 남는 것은 네가 고통에 취해 제정신이 아닐 때다.

## 201

비밀의 길이 열기 속에서 춤을 춘다.

## 202

신의 현존이 그렇듯 욕망의 현존은 철학자를 모른다. 그 대신에 철학자는 벌을 내린다.

## 203

오늘 나는 절대적인 힘과 절대적인 허약함의 순간을 경험했다. 나는 모든 꿀, 모든 꿀벌과 함께 고지의 수원水源을 향해 날아오르는 벌집이었다.

## 204

오, 진리여, 기계처럼 작동하는 왕녀여, 비개성적인 천체 한복판에 땅으로, 속삭임으로 남으라!

## 205

모든 위대함의 시초에 회의가 있다. 역사의 불의는 그것을 입에 올리지 않으려고 애쓴다. 바로 그 회의가 천재성이다. 회의를 감각의 능력들이 잘게 부서질 때 초래되는 불확실성과 비교하지 마라.

## 206

상황이 내게 강요하는 온갖 속임수들이 나의 순수성을 묽게 만든다. 거대한 손 하나가 나를 제 손바닥 위에 올려놓고 있다. 그 손금 하나하나가 나의 행동을 규정한다. 그리고 나의 계절은 그 어디에도 어울리지 않지만, 알맞은 토양에 뿌리내린 식물처럼 나는 거기 머문다.

## 207

나의 어떤 행동들은, 한결같은 무심함과 언제나 달아나는 변함 없는 솜씨로 들판을 가로질러 가는 기차처럼, 내 천성 속에 길을 낸다.

## 208

하나의 샘만 보는 인간은 하나의 뇌우밖에 모른다. 그가 지닌 가능성들이 저지당한다.


## 209

삶을 *정돈하지* 못하는 나의 무능력은 내가 단 한 사람이 아니라 나 자신과의 확고한 근친성이 발견되는 모든 사람에게 충실하다는 점에 기인한다. 그런 일관성은 여러 모순과 불일치의 한복판에서 변함없이 지속된다. 우스갯소리지만, 어쩌다가 감정과 문자 그대로의 의미가 가로막혀 불통되는 순간에는, 나는 그 사람들이 의기투합해서 나를 제거하는 작업을 하고 있다고 생각하게 된다.


## 210

너의 대담성, 무사마귀. 너의 행동, 특별히 다채롭지만, 그럴싸한 이미지.

(나는 소마˚의 그 석탄 장수가 한 멍청한 말, 프랑스 대혁명이 자기 고장에서 사드라는 작자, 끔찍한 범죄를 저지른 귀족 한 명을 깨끗하게 제거해 줬다는 주장을 여전히 기억한다. 그의 무훈 중 하나는 자기 소작인의 세 딸을 목 졸라 죽인 것이었고. 첫 번째 미녀가 숨을 채 거두기 전에 **후작의 반바지˚**는 부풀어 올라 있었다는⋯⋯.

틀림없이 아무것도 양보하지 않으려고 하는 산악 지방 사람들

히프노스 단장 **155**

특유의 인색함 때문에, 그 바보는 자기 주장을 굽힐 수 없었다.)

## 211

정의의 수호자들이 흐릿하게 지워진다. 이제, 듬성듬성 바람 잘 통하는 히스 관목 숲에 등을 돌리는 탐욕스러운 자들이 오고 있다.

## 212

깊이 파 들어가는 미지 속에 파묻혀라. 기어코 소용돌이치듯 돌아라.

## 213

나는, 오늘 아침, 칼라봉'의 물방앗간으로 돌아가는 플로랑스를 시선으로 뒤따라갔다. 오솔길이 그녀 주위에서 허공으로 흩어졌다. 생쥐들이 옥신각신 서로 다투는 극장 입석처럼! 단정한 등과 긴 다리는 내 시선 속에서 끝끝내 작아지지 않았다. 대추 같은 가슴이 내 이빨 가장자리에 오래 남아 있었다. 길모퉁이에서 녹음이 그 모습을 내게서 앗아갈 때까지, 나는 그 음정 하나하나에 감동하면서, 내 몸은 알지 못하는, 그녀만의 경탄스러운 음악적인 몸을 곱씹었다.

## 214

나는 죽어 가는 사람들의 이마에서 별이 밝혀지는 건 보지 못했고, 블라인드의 무늬, 걷어 올려지면 행복한 하녀들이 오가는 넓은 실내에서 애절하거나 고통 속에 체념해 있는 물건들의 정연한 배치를 언뜻 볼 수 있는 블라인드의 무늬를 보았다.

### 215

이유는 잘 알 수 없지만, 우리의 겨울 속에 느닷없이 나타나서 그 이후로 꼼짝하지 않고 있는, 끈적한 수액을 지닌 머리들. 그들의 윤곽 속에 오염된 미래가 새겨진다. 그자의 끄나풀 같은 스파르타식 지방 덩어리가 승인하고 존속시켜 주는 저 뒤부아처럼. 하늘의 정의로운 자들과 오발탄이여, 그자에게 그대들 익살의 종려나무 잎을 수여하시라……

### 216

목동이 안내자라는 건 이제 말도 안 된다. 정치인, 저 새로운 장군 소작인은 그렇게 결론 내린다.

### 217

'흑인' 올리비에가 연발 권총을 씻으려고 내게 물 한 대야를 달라고 했다. 나는 총기 기름을 쓰라고 일러 주었다. 그러나 사실은 물이 더 적당했다. 대야 안쪽에 묻은 피는 내가 도저히 상상할 수 없을 정도였다. 그 수치스러운 실루엣, 총신이 귀에 박힌 채 끈적한 똬리 모양으로 꼬꾸라지던 그 실루엣을, 다시 떠올려 본들 무슨 소용이 있었겠는가? 자기 땅을 잘 갈아엎은 뒤에, 삽의 흙을 털어 내고 포도나무로 피운 모닥불을 향해 미소 짓는 농부처럼, 정의의 심판자 한 사람이 귀가하고 있었다.

## 218

의식하는 네 몸속에서, 현실은 상상보다 몇 순간 앞서간다. 절대로 따라잡을 수 없는 그 시간의 틈, 그것은 이 세상의 행위들에게는 낯선 심연이다. 밤의 너그러움, 종교적 사후의 삶, 변질되지 않는 유년을 떠올려 주는 그 향기에도 불구하고, 그 시간은 절대로 단순한 환영이 아니다.

## 219

느닷없이 너는 네게 얼굴이 있다는 것을 기억한다. 예전에, 네 얼굴의 돋을새김을 이루던 윤곽선들이 모두 고통의 선들은 아니었다. 그 복합적인 풍경을 향해 선량함을 타고난 사람들이 일어섰다. 그 풍경에서 피로가 오직 난파만 홀린 것은 아니었다. 연인들의 고독이 거기서 숨을 쉬었다. 보라. 네 거울이 불로 바뀌었다. 은연중에 너는 네 나이(달력을 건너뜀)를, 너의 수고가 다리로 만들 그 추가분의 삶을 다시 의식한다. 거울 안쪽으로 물러서라. 네가 그 엄격한 간소함을 소진하지 않는다면, 최소한 그 비옥함이 고갈된 건 아니다.

## 220

나는 전쟁에 뒤따라올 시기의 빈혈증만큼이나 과도한 흥분이 두렵다. 우리의 투쟁을 단단하게 묶어 주었던 끈이 풀어지면, 마음 편한 일체감과 정의에 대한 헛헛증은 이내 사라지고 말 것이라고 나는 예감한다. 한쪽에서는 모호한 자신의 몫과 권리를 주장할 채비를 하고, 다른 쪽에서는 이 시대 인간 조건의 잔혹성을 완화시켜 확신에 찬 발걸음으로 새로운 미래에 이르게 해 줄 모든 것을 마구잡이로 억압한다. 이미 도처에서 병이 그 치유책과 싸움을 벌이고 있다. 점액과 신경증 덩어리인 영혼, 경험에만 의존하는 영혼을 지닌 유령들의 조언과 왕진이 늘어나고 있다. 인간의 뼛속까지 파고드는 이 비는 가학적 희망이고, 경멸에 대한 귀 기울임이다. 사람들은 서둘러 망각 속으로 뛰어들 것이다. 폐기하고, 잘라 내고, 치료하기를 포기할 것이다. 사람들은 매장된 죽은 자들의 호주머니 속에 견과果가 들어 있고, 그래서 언젠가 나무가 저절로 솟아날 것이라고 상상할 것이다.

오, 삶이여, 아직 늦지 않았다면, 기만적인 허영심이 섞이지 않은 너의 예민한 분별력을, 산 자들에게 조금만 선사하라. 그리고 어쩌면 무엇보다도, 네가 사람들이 생각하는 것만큼 그렇게 돌발적이고 모질지는 않다는 확신을 그들에게 주어라. 끔찍한 건 화살이 아니라, 갈고리다.


### 221
#### 저녁 메뉴


또 한 번 새해가 우리 눈티을 버무린다.

환장한 감옥과 불하고만 사랑하는 키 큰 풀들이 밤을 새운다.
뒤이어 승리자의 재와
악에 대한 이야기가 나올 것이다.
사랑의 재가 나올 것이다.
조종弔鐘 뒤에도 살아남는 들장미.
너의 재가 나올 것이다,
제 그림자 원추圓錐 위에서 움직이지 않는 네 삶의 상상의 재가.

### 222

내 암여우야, 머리를 내 무릎 위에 올려놓아라. 나는 행복하지
않지만, 너로 충분하다. 휴대용 촛대 혹은 별똥별아, 이제 지상
에는 아픈 마음도 없고 미래도 없다. 저녁 어스름의 발걸음이
네 속삭임, 박하와 로즈마리의 숙소, 가을의 적갈색과 너의 연
한 털 색깔 사이의 속내 이야기를 드러낸다. 점토로 빚은 입술
뒤에서 말이 없는 바위들과 깊은 허리를 지닌 산, 너는 그 산의
영혼이다. 네 콧방울이 가볍게 떨리기를. 네 손이 오솔길을 닫
고 장막을 나무들 가까이 끌어당기기를. 내 암여우야, 두 개의
천체, 서리와 바람 앞에서, 나는 맹렬한 고독을 이겨 내는 엉겅
퀴를 위해, 무너진 모든 희망을 너에게 건다.

### 223

돛을 접을 수도 접으려고도 하지 않는 삶, 바람에 떠밀려 끈끈
이 같은 기슭으로 기진맥진 되돌아오지만, 몽롱한 마비 상태를

떨치고 언제라도 돌진할 준비가 되어 있는 삶, 갖춘 것도 점점 더 허술해지고 인내심도 줄어드는 삶이여, 혹시라도 내 몫이 남아 있다면 그걸 가리켜 다오. 공동의 운명, 나의 특수성이 흠이 되면서도 그 중심에서 아말감을 고착시키는 역할을 하는 공동의 운명 안에서 소명疏明되는 내 몫의 역할을.

### 224

예전에는 침상에 드는 순간, 잠 속에서 일시적으로 죽는다는 생각에 마음이 평온해졌는데, 이제는 몇 시간 살기 위해 잠을 잔다.

### 225

아이는 확실한 조명이 아니라 단순해진 조명 아래 인간을 본다. 둘 사이의 불가분성의 비밀이 바로 거기 있다.

### 226

책임을 지우는 판단이 언제나 강하게 만들지는 않는다.

### 227

인간은 자신이 상상할 수 없는 것을 할 수 있다. 인간의 머리는 부조리의 은하계에 밭고랑을 낸다.

### 228

순교자들은 누구를 위해 일하는가? 위대함은 불가피한 출발에 있다. 모범적인 사람들은 연무나 바람으로 만들어진다.

### 229

검은색은 살아 있는 *불가능*을 감추고 있다. 그 정신의 밭이 모든 예기치 않은 것, 온갖 절정의 중추다. 그 위엄이 시인들을 호위하고 행동가들을 준비시킨다.

### 230

팔월의 하늘이 지닌, 별똥별의 눈부신 목소리 속에 들어 있는 효능, 우리가 털어놓는 불안을 치유해 주는 대단한 효능.

### 231

끔찍한 형벌을 겪기 바로 며칠 전에, 로제 쇼동이 내게 말했다. "이 땅에서, 우리는 조금 이기고, 많이 져요. 시대의 명령은 되돌릴 수 없어요. 사실상 그 점이, 천둥처럼 나를 뒤흔드는 삶의 기쁨에도 불구하고, 나를 평온하게 만들어 줘요."

### 232

특별한 예외는 그 살해범을 취하게도, 연민을 느끼게도 하지 않는다. 그것은, 아! 죽여 마땅한 눈을 하고 있다.

### 233

악이 주저하지 않고 달려들어 무는 대상은, 상황을 미리 알지 못해서 악이 여유 있게 접근할 수 있었던 표적들이라는 점을 고려하되, 너무 불안해하지는 마라. 네가 사람들로부터 배운 것들이—사람들의 앞뒤가 맞지 않는 태도 돌변, 고쳐지지 않는 기질, 소동 벌이기 좋아하는 성향, 어릿광대처럼 줏대 없는 주관—, 일단 행동이 종결되면, 네 보고서의 현장에 너무 오래 지체하지 않게 너를 채찍질할 수 있어야 한다.

## 234

조갯살처럼 부드러운 행복의 문들이 달린 눈꺼풀, 격노한 눈이 전복시키지 못하는 눈꺼풀, 몹시 거드름 피우는 눈꺼풀!

## 235

불안은, 뼈대이자 심장, 도시이자 숲, 오물이자 마법, 청렴한 사막, 눈속임으로 패배하고, 승리하고, 말이 없고, 말의 정부情婦, 모든 남자의 여인, 이 모든 것의 합, 그리고 인간.

## 236

"내 몸은 대지보다 드넓어서 나는 그 아주 작은 뙈기밖에 알지 못했습니다. 나는 내 정신의 깊은 곳으로부터 어찌나 많은 기쁨의 약속들을 받아들이는지, 당신의 이름을 오직 우리만의 비밀로 간직해 달라고 그대에게 간청합니다."

우리의 어둠 속에, **아름다움**을 위한 특별한 자리는 없다. 모든 자리가 **아름다움**을 위한 것이다.

# 오크 장미

으뜸가는 형벌들의 명부에서 당신의 이름을 구성하는 철자들 하나하나가, 오, **아름다움이여**, 태양의 밋밋한 단순함을 받아들여, 하늘에 빗장을 치는 거대한 문장 속에 기입되고, 운명의 길 들여지지 않는 대항마인 희망으로 자기 운명을 따돌리려고 안간힘을 다하는 인간의 협력자가 됩니다.

당당한 맞수들

# 얼어붙은 연못의 수면 위에

사랑한다.

싸움꾼의 종자를 품은 겨울.

지금 너의 영상은

그의 심장이 몸을 수그린 곳에서 빛난다.

# 수인의 연필

입이 안개 다발인 사랑이
피어나고 스러진다.
사냥꾼이 그 뒤를 쫓을 것이고, 파수꾼이 그 사실을 알게 될 것
이다.
그리하여 둘 다 서로를 미워하고, 셋 다 서로를 저주할 것이다.
바깥에 얼음이 얼고, 잎이 나무를 관통해 지나간다.

# 새 한 마리……


새 한 마리 줄 위에서
저 단순한 삶, 땅에 닿을 듯한 삶을 노래한다.
우리 지옥이 그 노래를 듣고 즐거워한다.


이윽고 바람이 아파하기 시작하고
별들이 그 사실을 알아차린다.


오, 미쳐 있는 별들이여,
그토록 깊은 숙명을 가로지르는!

# 정당한 명령은 때로 비인간적이다

추억을 공유하는 사람들,
고독이 다시 그들을 사로잡고, 이내 입을 다문다.
그들을 스치는 풀들은 그들의 변함없는 사랑으로 피어난다.

너는 무슨 말을 했나? 너무나 아득해서
너의 유년으로 돌아가는 사랑을 너는 내게 말했다.
기억 속에서 열일하는 그 많은 책략들!

# 창의 덧문 위에

얼굴, 흰 열기,
스쳐 지나가는 누이, 말하는 누이,
감미로운 인내,
얼굴, 흰 열기.

# 보주'의 초가지붕

1939.

아름다움이여, 지독한 나병에 걸린 길들 위,
등불과 몸을 숨긴 용기의 숙영지에 우뚝 서 있는 나의 여인아,
내가 얼어붙고 당신은 십이월의 내 아내이기를.
미래의 내 삶은, 잠잘 때의 당신 얼굴이다.

# 르 토르*

밤이 위험을 무릅쓰고 그곳을 지나간다는 사실에 아이들이었던 우리가 놀라곤 했던 오솔길, 사지가 곱은 풀들이 있는 오솔길에서, 말벌들은 더 이상 나무딸기에게 가지 않았고 새들은 나뭇가지로 가지 않았다. 대기는 부산스럽고 드넓은 제 공간을 아침 손님들에게 열어 주었다. 대기는 날개들의 가느다란 금속선, 함성을 내지르고 싶은 유혹, 빛과 투명함 사이의 공중 곡예일 뿐이었다. 르 토르는 돌들의 리라 선율에 실려 흥분으로 부풀어 올랐다. 독수리들의 거울인 방투산山이 시야에 들어왔다. 사지가 곱은 풀들이 있는 오솔길에서, 잃어버린 시대의 환영이 우리들의 어린 눈물에 미소를 지어 보였다.

# 미광

나는 햇빛은 들어오지 않지만 밤이면 별빛이 뚫고 들어오는, 그런 숲 중의 하나에 있었다. 그곳은 오로지 국가들의 조사 목록에서 빠지는 바람에 존재 허가증을 갖게 된 장소였다. 방임된 지역권地役權이 내게 국가들의 멸시를 표 나게 보여 주었다. 처벌에 대한 강박 관념이 내게서 사라졌다. 여기저기, 어떤 힘의 추억이 풀들의 투박한 푸가를 애무하고 있었다. 나는 아무런 원리 원칙 없이, 평온하면서도 열렬하게, 나 자신을 지배했다. 나는 날개 하나의 반경 밑에 제 비밀을 간직하고 있는 사물들이나 진배없었다. 대개의 경우, 핵심은 세상에 모습을 드러낸 적이 없고, 핵심을 소유한 자들도 자신이 해를 입지 않고는 그것을 교환할 수 없다. 그 누구도 자신이 고통의 극단에서 쟁취한 것을 잃으려고는 하지 않는 법! 그렇지 않다면, 그건 젊음이자 은총일 것이고, 샘과 삼각주는 똑같이 맑고 순수할 것이다.

나는 햇빛은 들어오지 않지만 밤이면 별빛이 뚫고 들어와 가차 없는 전투를 벌이는, 그런 숲 중의 하나에 있었다.

# Cur secessisti(너는 왜 떠났는가)?*

눈[1], 아이 같은 변덕, 겨울에만 별이 되는 태양이여, 내 돌 감옥
의 문간에 와서 몸을 피해라. 올랑*의 비탈 위에서, 폭도들인 내
아들들, 눈 감겨 주는 사람 없이 죽임을 당하는 내 아들들이 너
희들의 힘으로 불어난다.

# 우리를 실어 가던 그 연기

우리를 실어 가던 그 연기는 돌을 흐트러트리는 막대기와 하늘을 여는 구름의 자매였다. 그 연기는 우리를 멸시하지 않았고, 우리를 있는 그대로, 마음의 동요와 희망에서 자양분을 얻고 아래턱에 빗장을 건 채 두 눈에 산을 담고 있는 실개울로 받아들였다.

# 인내

**물방앗간**

지붕으로 새어 나오는 긴 소음.
언제나 흰 제비들.
튀어 오르는 알곡, 빻는 물.
그리고 사랑이 모험을 거는 울타리 안이,
반짝이며 제자리걸음을 걷는다.


**떠돌이들**

떠돌이들이여, 당신들의 부드러운 누너기 밑에서
무뚝뚝한 별 두 개가
서사敍事의 다리를 꼬고 앉아
감옥들의 건강을 위해 건배한다.

## 여럿

그들이 하는 말들은 그들의 눈 가장자리에 남아 있다.
그들이 가는 여정의 집들은 그들에게 닫혀 있다.
그들이 때때로 밝히는 등불의 빛은 그들을 눈물 흘리게 한다.
그들은 너무 많아서, 헤아려진 적이 없다!
그들은 열쇠가 사라진 책들이나 다름없다.


## 조력자들

그들은 서로에게 뭘 기대하는가?
갑작스러운 구름이 그들을 내몬다.
그들이 같은 순간에 한 마리 갈매기와 함께
존재했다는 사실로 충분하다.

# 그들에게 돌려주세요

그들에게 이제는 존재하지 않는 것을 그들에게 돌려주세요,
수확의 알곡이 이삭 속으로 숨어들어 풀밭 위에서 흔들리는 것
을 그들이 다시 보게 될 것입니다.
추락에서 비상까지, 그들 얼굴의 열두 달을 그들에게 가르쳐 주
세요.
다음번 욕망이 일어날 때까지 그들은 자기 마음의 공허를 소중
하게 여길 것입니다.
왜냐하면 아무것도 난파하지 않고, 재가 되는 걸 좋아하지도 않
기 때문입니다.
그리고 대지가 끝내 결실을 맺는 것을 볼 줄 아는 사람은
모든 걸 잃었다 해도 실패에 전혀 동요하지 않습니다.

## 말하라……

불이 말하기를 주저하는 것을 말하라.
허공의 햇살, 과감한 빛,
그리고 모두를 위해 그걸 말했다는 것으로 죽으라.

가루가 된 시<sup>*</sup>

1945~1947

# 머리말

자기 앞의 미지 없이 어떻게 살 수 있을까?

오늘날의 사람들은 시가 자신들의 삶, 사려도 부족하고 협소하기 짝이 없고 아집으로 불타오르는 삶과 닮아 있기를 원한다.

자기 동류의 손에 파멸할 수 있다는 불길한 염려에 사로잡힌 나머지, 마음먹고 지고하게 행동하는 것이 이제는 불가능해졌기 때문에, 무기력한 풍요가 그들을 제지하고 속박하기 때문에, 영감이 무뎌진 오늘날의 사람들, 그들은 목숨을 부지하면서도 인간이라는 이름의 마지막 부스러기까지 상실하고 있다.

생성의 부름과 회귀에 대한 불안으로부터 태어나는 한 편의 시는, 진흙과 별들로 빚어진 자기 우물에서 올라와, 거의 침묵에 가까운 작은 소리로, 이 까다롭고 고독한 모순의 세계에서, 시 속에는 진실로 이곳 아닌 나른 곳에 존재하는 것이 아무것도 없었다는 사실을 증언할 것이다.

# 세 자매

푸른 등대 드레스를 입은 내 사랑,
은밀하게 즐기는 빛이 몸을 누이는
그대 얼굴의 들뜬 열기에 나는 입맞춤합니다.

나는 사랑하고 오열합니다. 나는 살아 있고
오래 승리를 구가하는 저 **샛별**
**성좌들**의 싸움을 중단시키기 전에 붉어지는 저 샛별은
그대의 심장입니다.

그대 밖에서, 내 몸이
바람을 싫어하는 베일이 되게 해 주세요.

I
두 번째 시대의 유골 항아리 속에서
태어날 아이는 백토로 빚어져 있었다.
계절들의 갈라진 운행이
미지를 풀로 숨겨 주었다.

분할 가능한 앎이
소나기로 봄을 재촉했다.
모습을 드러낸 꽃을
고장의 특산 방향제가 길게 드리웠다.

훼손되는 소통,
내려앉은 껍질 또는 서리.
대기는 둘러싸고, 피는 들쑤시고
눈은 입맞춤을 비밀에 부친다.

활짝 열린 길을 낳으면서
회오리바람이 무릎걸음으로 왔다.
그리고 그 기세가, 단 한 번의 후려침으로
눈물의 침상을 가득 채웠다.

II
순간이 주위의 꿀벌과 진홍빛 피나무로부터
소리치며 달아난다.
순간은 영원한 바람의 하루고,
투쟁의 파란 주사위고, "내가 원하는 대로 이루어질 것"이라고
자신의 리라가 말할 때 미소 짓는 파수꾼이다.
지금은 입 다물 때고

미래가 탐하는
탑이 될 시간이다.

자기 자신을 좇는 자는 허술한 제집에서 달아나고,
두려움을 잊은 그의 사냥감이 그를 뒤따라간다.

그 둘의 빛이 너무 드높고, 그 둘의 건강이 너무 싱그러워서,
그들은 아무것도 의미하지 않고 떠나가면서도
세 자매가 기다란 잿빛 재갈로
자신들을 그녀들의 흰 숲으로 다시 데려가고 있다는 것을 느끼
지 못한다.

III
네 어깨 위의 저 아이는
너의 기회이자 짐이다.
오키드가 뜨겁게 타오르는 대지여,
그대 때문에 그 아이가 지치지 않게 하라.

꽃이면서 경계로 남으라,
만나이면서 뱀으로 머물라.
환영幻影이 축적하는 것은
이내 은신처를 단념한다.

독특한 눈들
드러내는 말은 죽는다.
거울을 기어오르는 상처가
그 누옥 두 개의 안주인이다.

격렬하게 어깨가 반쯤 열리고
말없이 화산이 모습을 드러낸다.
올리브 나무가 빛나는 대지여,
모든 것은 샛길로 사라진다.

# 한결같은 재화

이 작고 온화한 시골 들판, 뇌우가 그 가장자리에 와서 온순하
게 제 매듭을 풀고, 잃어버린 얼굴 하나가 순간순간 깃대 위에
서 환하게 빛나며 내게 되돌아오는 이 작은 들판에, 나는 마음
을 빼앗겼다. 아득히 먼 기억이지만, 아버지의 정돈되지 않은
정원의 식물들 위로 몸을 숙인 채, 수액을 유심히 살피고, 사람
들의 무력한 손길보다 어스름의 바람이 더 잘 물을 대주는 식물
들의 형태와 색깔들을 눈길로 애무하던, 내 모습이 선명하다.
그 어떤 운명도 가로막을 수 없는 회귀의 마력. 정오의 법정이
여, 나는 지켜본다. 낙담과 신뢰, 변절과 용기를 동시에 느끼는
특권을 누리는 나, 나는 **만남**의 예각 말고는 그 누구도 기억에
담아 두지 않았다.

라벤더와 포도나무가 있는 길 위로, 우리는 서로가 상대방의 사
랑을 잘 알면서, 나무딸기의 목구멍을 채우는 흙먼지가 아이들
처럼 소란스러운 풍경 속으로 나란히 걸었다. 후에, 변함없는
당신 침상의 안개 뒤에서 그대가 입 맞춘 것은 가공의 머리가 달
린 남자가 아니었다. 당신이 투박한 송가頌歌의 문을 넘어서는
오늘에야, 알몸의 그대, 누구보다도 아름다운 그대가 여기 있

다. 공간은 영원히 단호하게 번쩍이는 이별, 보잘것없는 이 반전反轉인가? 그러나 그러리라는 걸 예견하면서도, 나는 당신이 살아 있음을 단언한다. 그대의 행복과 나의 고통 사이에 밭고랑이 환하게 드러나고 있으니까. 내가 그대를 들어 올릴 때, 침묵과 함께 열기가 되돌아올 것이다, 생기 없는 여인이여.

# 돈네르바흐 뮐'

1939년 겨울

안개 낀 십일월, 숲 아래로 마지막 오솔길의 종소리가 저녁을 가로질러 사라지는 소리,

스치듯 지나가는 부재로부터 족쇄로의 귀환을 갈라놓는 바람의 아득한 서원誓願을 들어라.

유순한 짐승들의 계절, 악의라고는 없는 여자아이들의 계절, 너희들에게는 내 힘과는 상반되는 힘이 있다. 너희들의 눈은 내 이름, 세상이 내게 잊기를 요구하는 이름을 닮았다.

너무나 사랑한 한 세상의 조종弔鐘, 내 귀에는 괴물들이 웃음기 없는 땅 위에서 발을 구르는 소리가 들린다. 내 진홍빛 누이가 땀에 젖어 있다. 격앙된 내 누이가 무기를 잡으라고 촉구한다.

호수의 달이 호숫가에 발을 내려딛고, 여름의 부드러운 식물성

열기가 물결 위에 내리면 물결은 그 열기를 강바닥의 깊은 재를
향해 휩쓸어 간다.

포신의 추적을 받는,
— 삶, 드넓은 한계 —
숲속의 집이 환히 불 밝혀졌다.
우레, 개울, 방아.

# 나지막한 송가

헬라스는 멋진 바다의 드넓은 기슭, 영원할 것 같던 권능들의 변함없이 비옥한 생산력으로 부풀어 오르면서 앎의 숨결과 지성의 자력磁力이 여명과 함께 비상해 오른 기슭이다. 좀 더 먼 곳에서, 헬라스는 기이한 산들로 이루어진 지구본이다. 줄지어 선 화산대火山帶가 영웅들의 마법과 뱀처럼 구불거리는 여신들의 애정에 미소를 지어 보이고, 마침내 자유롭게 자기 자신을 알게 되고 새가 되어 죽을 수 있게 된 인간을 혼례의 비상을 향해 이끌어 간다. 헬라스는 모든 것에 대한 해답이고, 탄생에 의한 마모와 미궁 속 에움길들에 대한 해답이기까지 하다. 빛의 금강석과 눈雪으로 빚어진 그 육중한 땅, 죽음의 승리자지만 너무나 자명하게 죽을 운명이기도 한 그 민족의 발밑에서 썩지 않는 땅. 그런데 어떤 해괴한 이성은 그 땅의 완벽성을 징벌하려 하고, 제가 피운 이삭들로 그 땅의 웅얼거림을 덮어 버릴 수 있다고 믿는다.

오, 그리스여, 세 번이나 순교 당한 거울이자 몸이여, 그대를 상상하는 것은 곧 그대를 복원하는 것이다. 그대의 치유자들은 그대의 민족 속에 있고, 그대의 건강은 그대의 권리 안에 있다. 계산할 수 없는 그대의 피, 나는 그 피를 부르나니, 자유가 병들기를 멈춘 유일하게 살아 있는 피여, 내가 소리쳐 불러 봐도 그대에게는 정적일 뿐이어서 내 입만 녹초로 만드는 피여.

# 나는 고통에 거주한다

가을을 닮은, 가을에서 온화한 태도와 부드러운 임종의 고통을 빌려 오는 그 달콤한 말들에 네 마음을 다스리는 수고를 맡기지 마라. 눈은 금세 주름이 진다. 고통은 아는 단어가 거의 없다. 무거운 짐 없이 잠자리에 드는 쪽을 택해라. 내일을 꿈꾸면 네 잠자리가 가벼울 것이다. 네 집에 창이 없기를 꿈꾸어라. 바람, 하룻밤에 한 해를 가로지르는 바람과 서둘러 하나가 되고 싶어 너는 초조하다. 다른 이들은 선율이 아름다운 화육化肉을, 모래시계의 요술을 구현할 뿐인 육신을 노래할 것이다. 반복되는 감사의 마음을 내던져 버려라. 장차 너는 해체된 어떤 거인, 불가능의 영주領主와 동일시될 것이다.

그러나.

너는 네 밤의 무게를 늘렸을 뿐. 놓은 벽 속의 낚시질, 여름 없는 삼복三伏으로 너는 돌아갔다. 공전空轉하는 일치一致의 한복판에 있는 내 사랑에 너는 격노한다. 결코 세워지는 걸 볼 수 없는 완벽한 집을 생각하라. 심연의 수확은 언제 이루어지는가? 그러나 너는 사자獅子의 눈을 지치게 했다. 너는 검은 라벤더들 위로 아름다움이 지나가는 걸 보는 듯하다……

너를 납득시키지 못하면서, 무엇이 또 한 번 너를, 조금 더 높이, 추어올렸는가?
순수한 자리는 없다.

# 은방울꽃

나는 남녀 한 쌍의 운명을 지켜 냈다. 나는 그 운명의 모호한 신실성을 따라갔다. 급류의 노쇠함이 감사의 마음이 담긴 페이지를 내게 읽어 주었다. 새로운 뇌우가 싹 트고 있었다. 대지의 불빛이 나를 스쳤다. 정의의 심판자(너그러움은 먼 과거의 일이었다)의 유년이 회상처럼 창유리 위에 그려지는 동안, 나는 더 이상 참지 못하고 흐느껴 울었다.

# 문턱

신성의 포기라는 거대한 균열 속으로 빨려 들어가면서 인간의 강둑이 무너졌을 때, 먼 곳의 말들, 사라지기를 원치 않았던 말들은 그 엄청난 압력에 저항하려고 시도했다. 그렇게 해서 말들의 의미의 왕조가 시작되었다.

그 대홍수의 밤이 끝날 때까지 나는 달렸다. 스러질 듯 흔들리는 여명 속에 우뚝 선 채, 허리에 한가득 계절들을 두르고, 아, 나는 그대들을 기다린다, 머지않아 올 내 친구들이여. 나는 캄캄한 지평 뒤에 있는 그대들을 벌써 알아볼 수 있다. 내 아궁이는 그대들의 집에 대한 소망으로 불이 꺼지지 않는다. 그리고 내 실편백 지팡이는 온 마음을 다해 그대들을 향해 웃음 짓는다.

# 괴짜

걸음걸이는 꽤나 범상했지만, 순식간에 소진되는 대담성을 드러내며 앞으로 나아가는 그의 옆에는 함께 움직이는 그림자가 없었다. 초저녁에 잠자리를 놓친 뒤에 다음 날까지 잠자리를 찾아내지 못하는 사람들은 잠자리 비슷한 것에 현혹될 수 있다. 그들은 너무 싹싹하고 지나치게 따뜻한 몇몇 바위들로부터 빠져나오려고 애를 쓰고, 터무니없이 거드름 피우는 크리스털, 일상의 나른한 흐름이 수의壽衣로 손질하여 여기저기 적당한 지점에 뿌려 놓는 단단하고 투명한 결정結晶들의 지배에서 벗어나고 싶어 한다. 달밤 풍경의 낮게 깔린 베일이 전혀 거추장스러워 보이지 않는 그 보행자는 그렇지 않았다. 지독한 서리가 *개성적* 으로 보이지 않는 그의 이마 살가죽을 스쳤다. 길게 계속 이어지는 길, 샛길로 빠지는 오솔길은 콧노래를 부르는 사유의 활력에 딱 제격이다. 그 밤의 깊이를 통찰하지 못하는 이 세계의 모든 거주자가 공유하는 밤이었기에 환상적으로 정결한 겨울밤에, 최후의 어릿광대 위선자는 곧 사라질 참이었다. 그는 수량이 풍부하고 채근에도 너그럽던 옛 샘물들과의 끈, 행복해하던 몸들과의 끈, 아직은 자신의 쾌락에 정점을 부여하고 자신의 재능 위에 눈을 내리게 할 수 있었던 시절에 그가 자신의 몸으로 열기와 홍분을 불러일으키며 즐거워했던 몸들과의 끈을 완전히 상실한 상태였다. 이제 그는 익숙하게 단련된 대상인 슬픔과 절연하고, 상투성에 대한 두려움을 떨쳐 버리는 중이었다. 대지의 약간 부족한 속도, 사프란으로 향을 낸 대지의 상상력, 괴물들의 행동으로 균열이 간 대지의 마모가 그의 확신을 훼손했었다. 아무도 그를 잊지 말아야 할 것이니, 실리가 그와 함께한 적은 없었고 타인들이 보기에 실리가 그의 온전한 모습이었던 적은 없었기 때문이다. 그의 방의 흰 회벽 천장 위로 몇 마리 새들이 지나갔지만, 새들의 광채는 그의 잠 속으로 눈 녹듯 사라졌었다.

지금 내가 말하고 있는 사람 위로 아주 높이, 달밤 풍경의 베일이 그 향기로운 색채들을 펼치고 있다. 그는 환한 빛을 받으며 한기에서 빠져나와, 존재하지 않는 봄에 영원히 등을 돌린다.

# 가루 화약

새로운 진실성이 탄생의 자줏빛 속에서 몸부림친다. 디아나'의
얼굴이 환하게 드러났다. 태양의 방주가 운행을 확장하는 모든
곳에서, 아량 넓은 새로운 악이 분봉分蜂하고 있다. 행복이 바뀌
었다. 샘은 하구에 있다. 그 위에서, 모든 것이 연인들의 입을 노
래한다.

# 고통, 폭음, 정적

칼라봉의 물방앗간. 내내 두 해 동안, 매미들의 농가, 명매기들의 성. 때로는 웃음으로 때로는 청춘의 주먹질로, 이곳의 모든 것은 격류의 언어로 말했다. 오늘, 혹한과 고독과 뜨거운 열기로 대부분 생기를 잃어버린 바위틈에서, 늙은 저항자는 쇠잔해져 간다. 전조前兆들 또한 꽃들의 침묵 속에서 슬며시 잠이 들었다.

로제 베르나르*. 괴물들의 지평이 그의 땅에서 너무 가까이 있었다.

산에서 찾지 마시라. 그 대신, 산에서 몇 킬로 떨어진 오프데트 협곡에서 아이의 얼굴을 한 벼락과 마주치게 되면, 그 벼락을 향해 가시라, 부디 가서 벼락에게 웃어 주시라. 벼락이 굶주려 있을 테니까, 우정에 굶주려 있을 테니까.

# 자크마르와 쥘리아'

예전에 풀은, 땅의 길들이 하나 같이 저물어 가는 시간이면, 천천히 줄기를 들어 올려 그 빛을 밝혔다. 낮의 기사들이 사랑의 시선에 눈을 뜨기 시작했고, 그들이 사랑하는 여인들의 성에는 심연이 실어 나르는 가벼운 뇌우의 수만큼 창문들이 달려 있었다.

예전에 풀은 서로 모순되지 않는 아주 많은 좌우명들을 알고 있었다. 풀은 눈물에 젖은 얼굴들의 수호신이었다. 풀은 주문을 걸어 짐승들을 매혹했고, 탈선의 은신처가 되어 주었다. 그 규모는 시간에 대한 공포를 이겨 내고 고통을 가벼워지게 한 하늘에 비견할 만했다.

예전에 풀은 광인들에게는 친절하고 형리들에게는 냉담했다. 풀은 언제나 변함없는 문턱과 결혼하여 하나가 되었다. 풀이 만들어 내는 유희들(한결같이 덧없고 면죄부를 받은 유희들)은 그 미소에 날개가 달려 있었다. 길을 잃으면서 영원히 길을 잃고 싶어 하는 사람들 중 어느 누구에게도 풀은 모질게 굴지 않았다.

예전에 풀은, 밤이 밤의 권능보다 값어치가 덜 나간다는 것, 샘물은 공연히 이유 없이 제 여정을 복잡하게 만들지 않는다는 것, 바닥에 꿇어앉은 알곡은 이미 절반쯤 새의 부리 속에 있다는 것을 분명하게 밝혔었다. 예전에, 땅과 하늘은 서로 미워했지만 땅과 하늘로 살았다.

해소되지 않는 가뭄이 물 흐르듯 지나간다. 여명에게 인간은 이방인이다. 그러나 아직은 상상도 할 수 없는 삶을 추적하면서, 전율하는 의지들, 가서 정면으로 맞설 속삭임들, 그리고 *모습을 드러내*는 무사하고 온전한 아이들이 있다.

# 레보'에 대한 보고서

너의 구술은 갑작스러운 강림도 없고 끝도 없다. 벌목할 나무들처럼, 부재와 뜯겨 나간 덧창, 완벽한 무위로 표시되어 있을 뿐.

숙명에 대한 저항을 숙명과 나란히 놓아라. 너는 예사롭지 않은 높이를 경험하게 될 것이다.

아름다움은 대화에서, 침묵 깨기와 침묵의 회복에서 비롯된다. 제 과거 속으로 너를 부르는 저 바위는 자유롭다. 그 점은 바위의 입 모양새에 드러나 있다.

네 심장이 요구하는 시간은 여기 너의 밖에 있다.

예와 아니오는, 시시각각, 역사에 대한 맹신 속에서 서로 화해한다. 밤과 열기, 하늘과 푸르름은 보이지 않게 되면서 좀 더 잘 느껴진다.

모든 소망을 이룬 남자인 네가 당도하기 전에는 뒤죽박죽이었던 폐허, 미래를 타고난 폐허가 그 파편들로부터 너의 사랑을 향해 간다. 그렇게, 왕국을 마감하는 장미는 너의 성마른 서투름 앞에 약속처럼 주어졌다가 다시 멀어진다.

차츰차츰 모습을 드러내는 햇빛이 그 비극의 갈증을 달래 준다. 아! 두려워 말고 네 유년의 방향을 거꾸로 뒤집어 놓아라.

# 상어와 갈매기<sup></sup>

마침내 삼중의 조화를 이룬 바다, 긴 자루 달린 낫으로 터무니없는 고통의 왕조를 선명하게 자르는 바다, 야생의 거대한 새장, 메꽃처럼 순진한 바다를 나는 본다.

*내가 법을 폐기했고, 도덕에서 벗어났고, 마음의 그물코를 기웠다고 말할 때*, 그건 저 허무 측량계의 웅성거림이 나의 확신 너머로 종려나무 잎을 펼치는 광경 앞에서 내가 옳다고 말하려는 게 아니다. 사실 여태까지 내가 살고 행동하는 것을 보아 온 그 어떤 것도 주위에서 나를 증언해 주지 못한다. 내 어깨가 선잠을 잘 수도 있고, 내 유년이 내달려 올 수도 있다. 그냥 그 사실 자체에서 즉각적이고 실효성 있는 풍요를 이끌어 내야 한다. 이렇게, 일 년 중에 순결한 어떤 날, 바다의 거품 속에 기막히게 멋진 회랑을 파는 날, 정오에게 뚜렷하고 선명하게 왕관을 씌워 주는 날이 있다. 어제, 고결함에는 인적이 없었고, 종려나무 가지는 그 싹에서 멀리 떨어져 있었다. 상어와 갈매기는 소통하지 않았다.

오, 그대, 연마공 같은 저 기슭의 무지개여, 배를 그 희망에 다가가게 해 주오. 아침의 무지근함 속에서 비척거리는 이들에게, 예견되는 모든 끝이 새로운 무구함이 되게, 열에 들뜬 나아감이 되게 해 주오.

# 마르타˙

저 오래된 벽도 제 것으로 만들지 못하는 마르타, 나의 고독한 왕국이 제 모습을 비춰 보는 샘이여, 당신을 기억할 필요가 없는데 내가 어떻게 당신을 잊을 수 있겠어요. 당신은 그저 축적되는 현재일 뿐입니다. 양귀비꽃 두 송이가 서로 사랑하여 거대한 아네모네를 피우듯, 서로에게 다가갈 필요도 없고 서로에게 예고할 필요도 없이, 우리는 함께 어우러질 것입니다.

나는 공연히 당신의 마음속에 들어가서 그 기억을 제한하지 않으렵니다. 공연히 당신의 입술을 취해, 떠나고 싶은 갈증과 대기의 푸르름을 향해 그 입술이 슬며시 벌어지는 것을 방해하지 않으렵니다. 나는 당신에게 자유이고 싶고, 밤이 희대미문으로 깊어지기 전에 영원한 문턱을 넘어서는 삶의 바람이고 싶습니다.

# 영주領主*

우리는 항상 경탄스러운 황혼과 함께 삶을 시작한다. 장차 우리
가 실의에서 벗어날 수 있게 도와줄 모든 것이 우리의 첫 발걸음
주위에 집결한다.

내 어린 시절 사람들의 행동은 땅의 자비심을 향해 보내는 하늘
의 미소 같았다. 그 시절에 사람들은 악행을 봐도 밤의 사소한
일탈을 보듯 인사했다. 별똥별이 떨어지면 측은해 했다. 나는
마음을 빼앗기기도 잘하고 상처 입기도 잘했던 어린 시절의 내
가 아주 행운아였다는 것을 깨닫는다. 나는 똬리를 튼 물뱀들과
춤추는 나비들로 가득한 강의 맑은 수면 위를 걸었다. 나는 해
묵은 강건함이 과실들을 맺는 과수원에서 놀았다. 나는 새들처
럼 예민하고 떡갈나무처럼 힘 있는 생명들의 보호를 받으며 갈
대밭 속에 웅크려 숨었다.

그 정결했던 세계가 묘지도 없이 죽었다. 남은 것이라곤 검게
탄 그루터기들, 떠도는 살가죽들, 볼썽사나운 주먹다짐, 그리고
그 말 없는 친구가 밤샘하며 지켜보는 아주 작은 우물의 녹수綠
水밖에 없다.

우리는 이내 서로를 잘 알게 되었다. *그건 이제 더 이상 존재하*

*지 않는다고 나는 습관처럼 말했다. 그건 그냥 존재하지 않는다*
*고 그가 정정했다. 이제 더 이상과 그냥은* 전혀 별개의 선택지
였다. 그는 미소를 띤 뱀의 아가리로 내게 불가능을 제시했고,
나는 별 고통 없이 그 불가능 속으로 깊이 들어갔다. 그 친구는
어디에서 왔을까? 아마도 가장 덜 어두운, 가장 일을 덜 하는 햇
빛에서 오지 않았을까. 대단해 보이는 그의 정력은 인내심 강한
고사리 풀로 피어나, 내 희망에 축축한 습기가 되어 주었다. 사
실상 나의 희망은 내 삶을 덮은 눈, 봄소식 비슷한 것에 지나지
않았다. 언젠가 내가 가로질러 가야 할 혹독한 연안沿岸의 윤곽
을 드러내면서, 수확물이 쌓여 갔다. 내 친구의 심장, 이내 재로
바뀌는 정복지들 안에 산산조각 뿌려지는 지고하고 당당한 심
장이 삼지창처럼 내 심장 속으로 파고들었고, 정착하여 굴복하
는 사람들의 마음속에서 욕망이 얼마나 쉽게 시들어 버리는지
분명하게 각인시켜 주었다. 우리 둘의 내밀한 교감은 교회를 만
들 뜻이 없었고, 말 없는 침묵만이 우리의 모든 권능을 연장해
주었다.

그는 내게 말들의 밤 위로 날아오르는 법, 닻을 내린 배들의 몽
롱한 마비로부터 아득히 멀리 날아오르는 법을 가르쳐 주었다.
우리에게 중요한 건 빙하가 아니라 영원히 빙하를 가능케 해 주
는 것, 빙하의 고독한 개연성이었다. 나는 맹렬한 증오심과 연
합하여 승리에 일조한 다음, 깨끗이 떠났다. (사람들이 알아보
지 못하게 하려면 제 두 눈을 감기만 하면 된다.) 사물들이 우리
로부터 자신을 보호하기 위해 만들어 내는 환상을 나는 사물들

에서 벗겨 냈고, 사물들이 우리에게 넘겨주는 몫을 사물들의 몫으로 남겨 두었다. 나의 도시에 나의 여자는 절대로 없으리라는 것을 나는 알았다. 폭포의 사나운 열기가, 상징적으로, 나의 선의를 입증해 줄 것이다.

그렇게 나는 고독의 시대를 거슬러 올라, 마침내 **자줏빛 인간**의 다음번 집에 이르렀다. 그러나 그가 그 집에 가지고 있었던 건 감옥살이를 거듭한 그의 음울한 신분, 박해당한 자의 말 없는 경험뿐이었고, 우리에게 남은 것은 탈주자였던 그의 인상착의뿐이었다.

# 뱀의 건강을 위해

### 1

나는 갓 태어난 아기 얼굴을 한 열기, 절망적인 열기를 노래한다.

### 2

이제 빵이 인간을 뜯고 여명의 아름다움이 될 차례다.

### 3

해바라기를 믿는 사람은 집 안에서 궁리하지 않을 것이다.
사랑에 대한 모든 생각이 그의 생각이 될 것이다.

### 4

제비의 공중 선회 속에서 뇌우가 형성되고, 정원이 만들어진다.

### 5

햇빛보다 오래 가는 물방울이 항상 있겠지만, 햇빛의 지배력은
흔들리지 않는다.

## 6

앎, 백 개의 소로들을 지닌 앎이 비밀로 간직하고 싶어 하는 것을 써내라.

## 7

세상에 와서 아무것도 뒤흔들어 놓지 못하는 것은 존중받을 자격도, 인내하며 기다릴 가치도 없다.

## 8

창조에 의해 내쫓겼기 때문에 창조의 한복판에서 죽어 가고 있는 인간, 그의 이 결핍은 얼마나 오래 지속될 것인가?

## 9

모든 집이 한 계절이었다. 그렇게 도시는 같은 말을 반복했다. 떠나지 않는 햇살, 따뜻해진 몸에도 불구하고, 주민들은 모두 하나같이 겨울밖에 알지 못했다.

## 10

너의 본질 속에서 너는 한결같이 시인이고, 한결같이 사랑의 정점에 있고, 한결같이 진리와 정의에 굶주려 있다. 너의 의식 속에서 네가 꾸준하게 그렇지 못한 건 어쩌면 필요악일지도 모른다.

## 11

너는 존재하지 않는 영혼으로 그 영혼보다 더 훌륭한 인간을 만들어라.

## 12

네 고장이 목욕하고 있는 신중치 못한 이미지, 오랫동안 너를 피해 달아났던 그 기쁨을 보아라.

## 13

스스로를 규정하려고, 자신들이 암초에 떠받치기를, 표적이 자신들을 돌파해 버리기를 기다리는 사람들이 많다.

## 14

너의 회한에 신경 쓰지 않는 자에게 감사해라. 너는 그의 맞수다.

## 15

눈물은 제가 속내를 털어놓는 친구를 경멸한다.

## 16

모래가 운명을 굴복시키는 곳에 측량할 수 있는 깊이가 남는다.

## 17

내 사랑이여, 내가 태어났다는 건 별로 중요하지 않다. 그대는
내가 사라지는 자리에 나타나니까.

## 18

새를 속이지 않고, 나무의 심장에서 열매의 황홀까지 나아갈 수
있을 것.

## 19

기쁨을 통해 너를 맞이하는 것은 잇속 밝은 추억의 감사하는 마
음이다. 네가 선택한 현존은 작별 인사를 보내지 않는다.

## 20

사랑하기 위해서만 몸을 숙여라. 네가 죽는다 해도, 너는 여전
히 사랑한다.

## 21

네가 스스로에게 주입하는 어둠을 지배하는 것은 네가 타고난
태양 상승궁上昇宮의 음탕함이다.

## 22

인간이 대지의 고통받는 등위에 있는 색조色調의 한 단계에 불
과하다고 여기는 사람들의 말은 무시해 버려라. 그들이 장황

하게 훈계를 늘어놓게 해라. 쇠 부지깽이의 검은 잉크와 구름
의 홍조는 하나다.


### 23

어린양을 미혹하고, 그 양모에 권능을 부여하는 것은 시인답지
못한 일이다.


### 24

우리는 섬광 속에 살지만, 그 섬광이 영원의 심장이다.


### 25

빛을 만들어 낸다고 생각하면서 바람을 깨워 놓은 두 눈아, 내
가 네게 뭘 어떻게 해 줄 수 있을까? 나는 망각이다.


### 26

시는 모든 맑은 강물 중에 제 위에 비친 다리의 영상에 가장 덜
지체하는 강물이다.
시, 품격을 되찾은 인간 안에 있는 미래의 삶.


### 27

비를 내리게 할 한 송이 장미. 헤아릴 수 없는 세월의 끝에서, 그
게 너의 소망이다.

# 갈대의 시대

까다롭고 수수께끼 같은 나의 태도에 지친 세계, 한 얼굴의 침
실에서, 나의 밤은 예견된 것인가?

이 선박船舶용 땅, 암에 걸리고, 가혹한 고문에 사지가 절단된 땅,
이 모욕은 곧 끝이 날 것이다.

어른 무릎 위에 있는 어린애 같은 세계, 흉터들로 엮인 염주, 덤
불처럼 무성하고 시큼한 흉터들, 또 다른 있을 법한 존재들이
숱하게 있는 세계, 나는 그 세계를 불가능하게 만들 능력이 없
었다. 내가 뭘 요구할 수 있겠는가!

# 코르덴의 노래

햇빛이 말했다. "애쓰며 고생하는 모든 것이 나와 동행하고, 내게 애착을 느끼고, 행복해지고 싶어 한다. 내 희극의 목격자들이여, 흥겨운 내 발을 기억해 둬라. 나는 정오, 정오의 응당한 화살이 두렵다. 아무리 자비를 구해 봐도 정오의 눈앞에서는 무소용이다. 내가 사라짐과 동시에 그대들은 풀려나지만, 여름의 차가운 강물은 갈수록 더 잘 내 빛을 받을 것이다."

밤이 말했다. "나를 모독하는 자들은 젊은 나이에 죽는다. 어떻게 그들을 사랑하지 않을 수 있을까? 초원을 이룬 나의 모든 순간, 그들은 나를 밟을 수 없다. 그들의 여정이 나의 여정이고, 나는 어둠으로 남는다."

그 둘 사이에는 둘 모두를 찢는 고통이 있었다. 바람이 둘 사이를 불어 가고 불어왔다. 바람 혹은 무, 투박한 천의 늘어진 자락과 산의 눈사태, 혹은 무.

# 8월 13일의 별똥별

## [8월 13일의 별똥별]

그대가 내 앞에 나타난 순간, 온 하늘이 내 마음을 환하게 비춰 주었다. 그 순간은 내 시詩의 정오였다. 나는 불안이 잠자고 있다는 걸 알았다.

## [신성新星들]

형벌의 저주와 장엄한 사랑 사이에서 머뭇거리는 최초의 빛줄기.

이런저런 철학의 낙관주의로는 이제 우리에게 충분치 않다.

다 자란 나무 한 그루를 바위의 빛이 유숙시키고 있다. 우리는 그 나무가 모습을 드러내도록 앞으로 나아간다.

점점 더 드넓어지는 시선들의 약혼. 윤곽을 드러내는 비극은 우리의 한계 자체를 즐길 것이다.

위험이 우리의 우울을 모조리 떨쳐내 주었다. 우리는 서로를 쳐다보지 않고 말했다. 시간이 우리를 하나로 묶어 주었다. 죽음은 우리를 피해 갔다.

별들, 버려진 샘물 주위를 선회하는 밤의 종달새들이여, 잠자는 이마들을 위한 진일보가 되어라.

나는 산사나무로 둘러싸인 내 침상에서 뛰어내렸다. 맨발로, 나는 아이들에게 말을 건넨다.


### [달이 정원을 옮겨 간다]

등불처럼 나를 에스코트하는 이 배설물 같은 운명을 나는 어디쯤에서 따돌릴 수 있을까?

가건물 같은 송가頌歌들! 부인당하는 송가들!

그물코가 성긴 어망들, 그리고 밤이면, 온순하게 말 잘 듣는 빛들.

벼락의 언어 속에, 허공의 지고함 위에, 인간의 작은 두 손 안에 있는 폭풍우 같은 자유.

내일에서 마음의 위안을 찾지 마라. 너는 상처들 사이를 건너뛰는 겨울, 창문들을 좀먹는 겨울을 보고 있고, 죽음의 현관 위에서 측량할 수 없는 가혹한 형벌을 보고 있다.

양털을 덮고 자는 사람들, 추위 속을 달리는 사람들, 심사숙고한 결과를 내놓는 사람들, 약탈자가 아닌 사람들, 그들은 부득이 수탉의 적인 별똥별과 한뜻이 된다.

비현실적이게도, 나는 내 영혼 안에 머물면서 동시에 그 바깥에 있고, 창유리에서 멀리 떨어져 있으면서 또한 바싹 붙어 있으니, 균열로 갈라 터진 범의귀랄까. 나의 갈망은 끝이 없다. 나를 사로잡는 건 삶 말고 아무것도 없다.

큰불처럼 번지는 광채가 되어 사라지는 떠돌이 섬광.

강기슭의 여인을 사랑해라. 네 진실을 아낌없이 줘라. 네 사랑의 황금을 숨기고 있는 풀들은 절대로 냉해를 겪지 않을 것이다.

이 위험과 재난 가득한 대지 위에서, 나는 삶이라는 우상에 탄복한다.
그대들을 수수께끼처럼 불편하게 만드는 나의 존재, 강렬한 혐

오감을 불러일으키는 나의 존재가 그대들의 영혼 속을 나는 별
똥별이었으면 좋겠다.

새 지저귀는 소리가 불현듯 아침의 나뭇가지에 앉는다.

# 리라

먼지 가루들의 무한한 리라,
우리 마음의 넘쳐 나는 확장.

# 이야기하는 샘

1947

# 연보 年譜

그대가 내 앞에 나타났을 때 여름은 제가 좋아하는 바위 위에서 노래하고 있었고, 침묵, 연민, 우울한 자유였던 우리, 그 푸르고 긴 삽으로 우리 발치에서 희롱하던 바다보다도 더 바다였던 우리로부터 저만큼 비켜나서 노래하고 있었습니다.

여름은 노래했고 그대의 마음은 여름에서 멀찍이 떨어져 헤엄치고 있었습니다. 나는 그대의 용기에 입맞춤했고, 그대 마음이 동요하는 소리를 들었습니다. 파도들의 절대권에 실려 물거품 이는 저 높은 정점을 향해 가는 여정, 우리들의 집을 떠받치고 있는 손들에게는 치명적인 미덕들이 순항巡航하는 여정. 우리는 어수룩하지 않았습니다. 우리 주위에는 친구들이 많았습니다.

그 몇 해가 지나갔습니다. 폭풍우가 잦아들었습니다. 세상은 제 갈 길로 갔습니다. 그대의 마음이 나를 더 이상 알아보지 못한다는 느낌에 나는 고통스러웠습니다. 그대를 사랑했습니다. 내 얼굴의 부재와 텅 비어 버린 내 행복 속에서. 언제나 변함없는 마음으로, 총체적으로 변하면서, 나는 그대를 사랑했습니다.

# 소르그강

*이본느*를 위한 노래

단숨에, 길벗도 없이, 너무 일찍 떠난 강이여,
내 고장의 아이들에게 네 열정의 얼굴을 주렴.

번개가 끝나고 나의 집이 시작되는 강,
내 이성의 조약돌을 망각의 변경으로 굴려 보내는 강이여.

강이여, 네게서 대지는 전율이고, 태양은 불안이다.
가난한 자들이 저마다 밤의 어둠 속에서 너의 수확물로 빵을 만
들게 하라.

종종 보답받지 못한 강, 방치된 강이여.

굳은살 박인 운명을 사는 도제徒弟들의 강이여,
네 밭고랑의 물마루에서 수그러들지 않는 바람은 없다.

텅 빈 영혼의 강, 누더기를 걸친 의혹의 강,
실타래처럼 풀리는 오랜 불행의 강, 어린 느릅나무의 강, 연

민의 강이여.

괴짜들, 열병 걸린 자들, 각 뜨는 백정들의 강,
쟁기를 놓고 거짓말쟁이와 어울리는 태양의 강이여.

자기 자신보다 더 훌륭한 이들의 강, 피어난 물안개의 강,
둥근 갓 주위에서 번민을 달래 주는 등불의 강이여.

꿈을 존중하는 강, 쇠를 녹슬게 하는 강,
별들이 바다에는 주지 않았던 제 그림자를 드리우는 강이여.

전해 받은 힘의 강, 물길 속으로 들어가는 외침의 강,
포도나무를 물어뜯어 새 포도주를 예고하는 폭풍우의 강이여.

이 미친 감옥 같은 세상에서 절대로 부식하지 않는 마음을 지닌
강이여,
우리를 항상 격렬하게, 지평선 위를 나는 꿀벌들의 친구로 남게
해 다오.

# 너 떠나길 잘했다, 아르튀르 랭보여

너 떠나기를 정말 잘했다, 아르튀르 랭보여! 파리 시인들의 우의, 적의, 어리석음에 반기를 들고, 아르덴의 네 가족이 불임의 꿀벌처럼 거의 광적으로 잉잉거리는 소리에 반기를 든 너의 열여덟 살, 네가 그 모든 것을 난바다의 바람에 날려 버리고 바닷바람의 조숙한 칼날 아래 던져 버린 건 정말 잘한 일이다. 나태한 자들의 거리와 오줌 누는 리라들의 카페를 걷어차 버리고, 네가 짐승들의 지옥, 교활한 자들과의 거래, 단순한 사람들과의 만남을 향해 떠난 것은 옳았다.

몸과 영혼의 그 무모한 격발, 표적에 적중하여 표적을 박살 내는 그 대포알, 그래, 바로 그게 남자의 삶이지! 유년을 벗어나면서, 우리가 우리 이웃들을 끝없이 목 졸라 죽일 수는 없다. 화산은 거의 자리를 바꾸지 않아도 용암은 텅 비어 광활한 세상을 가로지르고, 용암이 세상에 가져온 미덕들은 세상의 상처 속에서 노래한다.

너 떠나기를 정말 잘했다, 아르튀르 랭보여! 우리는 아무런 증거 없이도 너와 함께하는 행복의 가능성을 믿는 몇몇 사람들이다.

# 최초의 순간들

우리는 불어나는 강물이 우리 앞에 흐르는 것을 보고 있었다.
강물은 단숨에 산을 지워 버리면서, 어머니 같은 산허리에서 빠
져나왔다. 그건 운명에 자기를 내맡기는 급류가 아니라, 우리가
그 말과 실체가 되어 버린, 말로 표현할 수 없는 짐승이었다. 반
해 버린 우리를 강물은 그 강력한 상상력의 활 위에 붙잡아 두
었다. 도대체 무엇이 우리를 강제할 수 있었겠는가? 일상의 범
속함은 사라졌고, 흘린 피는 열기를 되찾았다. 트인 공간에 받
아들여지고, 보이지 않을 정도로 연마된 우리는, 절대로 끝나지
않을 승리였다.

# 명매기

집 주위를 선회하며 기쁨을 노래하는 명매기, 너무 큰 날개를 가진 명매기. 마음도 그와 같다.

명매기는 천둥을 메마르게 한다. 청명한 하늘에 씨를 뿌린다. 땅에 닿으면 찰과상을 입는다.

명매기의 맞수는 제비다. 명매기는 그 평범한 집새를 싫어한다. 종탑의 가장자리 장식이 무슨 쓸모가 있을까?

명매기의 쉼터는 가장 어둡고 오목한 곳에 있다. 그 누구도 명매기보다 더 비좁고 옹색한 곳에 머물지 않는다.

늦게까지 햇살이 비추는 여름이면 명매기가 자정의 덧창 너머 어둠 속으로 길게 날아갈 것이다.

명매기를 담을 수 있는 눈은 없다. 울음소리, 그게 명매기의 존재 전체다. 대단치 않은 소총 한 자루면 명매기를 떨어뜨릴 수 있다. 마음도 그와 같다.

# 등잔불 앞의 마들렌

*조르주 드 라투르의 그림*

오늘 나는 당신이 고통스러워하고 있다는 확연한 증표를 밟아 뭉개느라 풀들이 하얗게 백발이 되었으면 좋겠습니다. 나는 너무나 젊은 당신의 손 밑에 있는, 초벽 칠도 하지 않은 죽음의 딱딱한 형상을 쳐다보지 않으렵니다. 알 수 없는 어느 날, 어쨌든 나보다는 덜 탐욕스러운 어떤 사람들이 당신의 아마亞麻 옷을 벗기고, 당신의 규방을 차지할 것입니다. 그런데 그들이 떠나면서 등잔불 끄는 걸 깜박 잊을 것이고, 불가능한 해결책에 들이댄 비수 같은 불꽃이 약간의 기름을 번지게 할 것입니다.

# 투쟁의 열정으로

당신의 바위 위에 홀로 남아 계신 **빛의 성모**여, 당신의 교회와 불화하여 그 교회의 반란자들을 편드시는 성모여, 여기 이곳을 바라보는 시선 말고는 우리가 당신에게 빚진 것은 아무것도 없습니다.

나는 때때로 당신을 미워했습니다. 당신은 한 번도 알몸이었던 적이 없습니다. 당신의 입은 더러웠습니다. 그러나 오늘 나는 내가 지나쳤다는 걸 압니다. 당신에게 입맞춤했던 자들은 자신들의 식탁을 더럽혔으니까요.

길 가는 사람들인 우리, 우리는 완전히 지쳐 버리기 전에 안식이 찾아오기를 요구한 적이 없습니다. 분투의 수호자여, 당신을 가려 주었을 일말의 사랑 말고는 당신을 드러내 주는 표지는 아무것도 없습니다.

당신은 환히 밝혀진 거짓의 순간이고, 때가 잔뜩 낀 몽둥이고, 벌 받아 마땅한 등불입니다. 나는 아주 다혈질이어서 당신을 산산조각 내버릴 수도 있고 당신의 손을 잡을 수도 있습니다. 당신은 무력합니다.

너무 많은 작자들이 당신을 엿보고 당신의 두려움을 엿봅니다. 결탁하는 것 말고 당신에게는 다른 선택의 여지가 없습니다. 그 작자들을 위해 도시를 세우고, 그 대가로 그들의 끄나풀 노릇을 해야 하는 끔찍한 굴욕 말입니다!

모두가 떠났고 당신 몫으로 남은 건 고작 소나무 숲 하나밖에 없기에, 나는 침묵을 깼습니다. 아! 서둘러 길을 나서세요, 친구들을 만드세요, 먹구름 밑에서 아이의 마음이 되세요.

당신이 오신 이후로 어찌나 많이 걸었는지, 세상은 이제 하나의 유골 항아리, 흉포한 서약誓約에 지나지 않게 되었습니다. 오, 혼절한 성모, 우연의 시녀여, 빛은 갈망으로 굶주린 자가 그 빛을 보는 곳으로 갑니다.

1943년

# 파낼 만큼 파냈다

각자 다음번 자기 몫을 파낼 만큼 팠고, 굴착할 만큼 굴착했다. 최악은 각자의 안에, 추적꾼의 내부에, 그의 배 속에 있다. 이곳에서 시간이 쳐드는 삽에 불과한 당신들이여, 고개를 돌려 내가 사랑하는 것, 내 옆에서 흐느껴 울고 있는 것을 보아라. 그리고 부디 우리를 박살 내서, 이번에야말로 나를 완전히 죽게 해 달라.

# 단심 丹心

도시의 거리에 내 사랑이 있다. 분기分岐된 시간 속에서 내 사랑이 어디로 가는지는 중요하지 않다. 이제 내 사랑은 더 이상 내사랑이 아니고, 모두가 내 사랑에 말을 걸 수 있다. 내 사랑은 이제 기억하지도 못한다. 정확히 누가 자기를 사랑했는지.

시선들의 소망 속에서 내 사랑은 자신의 동류를 찾는다. 내 사랑이 가로질러 가는 공간은 내 변함없는 마음이다. 내 사랑은 희망을 그리면서 희망을 퇴짜 놓는다. 내 사랑은 주도적이지만 협력하지는 않는다.

나는 행복한 난파선 표류물처럼 내 사랑 깊은 곳에서 산다. 내 사랑은 그런 줄 모르지만, 나의 고독은 내 사랑의 보배다. 내 사랑의 비상이 흔적을 남기는 대大자오선에서, 나의 자유는 내 사랑을 파 들어간다.

도시의 거리에 내 사랑이 있다. 분기分岐된 시간 속에서 내 사랑이 어디로 가는지는 중요하지 않다. 이제 내 사랑은 더 이상 내 사랑이 아니고, 모두가 내 사랑에게 말을 걸 수 있다. 내 사랑은 이제 기억하지도 못한다. 정확히 누가 자기를 사랑했고, 자기가 넘어지지 않도록 누가 멀리서 불빛을 비춰 주는지.

주

9   **1967년판 서문**  갈리마르 출판사가 1962년 문고본으로 발간한
『격정과 신비』의 1967년 판에 이브 베르제(Yves Beregr)가 붙인
서문이다. 이브 베르제는 프랑스의 작가이자 출판인으로서 오랫
동안 그라세 출판사의 문학 담당 주간으로 활동했다. 그 이후로 근
반세기에 걸쳐 샤르의 시에 대한 많은 연구들이 축적되었고 그의
시에 대한 해석의 지평도 넓어졌지만, 이 서문에는 그 나름의 '당
대적 의의'가 잘 간직되어 있다.

  **무엇에 대한 격정 또는 분노인가?**  원문("fureur contre quoi ?")에서
는 하나의 단어(fureur)인데 두 단어("격정 또는 분노")로 풀어서 번
역했다. 프랑스어 구문의 논리대로 한다면, 괄호 속의 이 의문
문은 "무엇에 대한 분노인가?"라고 번역하는 것이 맞다. 그런데
이 번역본에서 우리는 시집의 원제 'Fureur et mystère'를 '격정과
신비'로 번역하기로 했기 때문에, 부득이 '격정 또는 분노'라고 풀
어서 번역할 수밖에 없었다. 국내의 불문학자들은 대부분 이 시집
의 제목을 '분노와 신비'라고 번역해 왔다. '격정'과 '분노' 사이의
차이는 시집 전체에 대한 전반적 해석의 차이일 수도 있고, 단순
한 선택의 차이일 수도 있다. 실제로 이 시집의 가장 두드러진 특

징 중 하나는 폭압적 시대 현실에 대한 시인의 '격한 분노'인 것이
사실이다. 그렇지만 시집의 원제를 '분노와 신비'로 번역하는 것은
자칫 르네 샤르의 시에 대한 해석의 폭을 제한하는 결과를 낳을 수
도 있다는 생각 때문에 우리는 '격정'이라는 번역어를 선택했다.

이 서문을 쓴 이브 베르제도 그렇게 해석했듯이, '신비'는 '시적 아
름다움의 신비', 또는 이 세계가 드러내 보이는 '절대적 단순성의
아름다움이 갖는 언어도단적 특성'을 가리킨다는 것이 일반적인
해석이다. 반면에 'fureur'는 일차적으로 시대 현실에 대한 시인의
'격한 분노'를 가리키는 것이 사실이지만, 또한 시적 아름다움의
신비를 향한 시인의 '격한 사랑'을 가리키기도 한다. 그것이 '분노'
보다 더 포괄적인 의미를 갖는 '격정'을 우리가 번역어로 선택한
이유다.

9 **발표되었던 것들이다** (원주)『유일하게 남아 있는 것들(1945)』,『히
프노스 단장(1946)』,『가루가 된 시(1947)』.

12 **『히프노스 단장』의** 글쓴이가 인용문의 출처를 착각하고 있다.『가
루가 된 시』의「상어와 갈매기」에 나오는 구절이다.

15 **브네생 백작령** 13세기 후반부터 수백 년에 걸쳐 프로방스 지방에
존재해 왔던 교황령을 가리킨다. 그 경계는 오늘날 르네 샤르의 고
향 마을이 있는 보클뤼즈도(道)의 경계와 거의 일치한다.

**루이 퀴렐** 49쪽 역주 참조.

**개자리 같은 ~ 근심을 쫓아 버린다** 시의 원문은 "Dans la luzerne
de ta voix tournois d'oiseaux chassent soucis de sécheresse."
인데, 글쓴이가 지적하고 있는 것은 인접한 자음들([t]. [r]. [s] 등)
의 반복에서 비롯되는 시적 효과다.

28 **주파수** 이 시와 관련된 샤르의 증언: 1914년 겨울, 샤르가 다니던
초등학교 선생님은 먼 곳에 사는 아이들을 다른 아이들보다 일찍
귀가시키곤 했는데, 샤르도 그중 하나였다. 귀갓길에 어린 샤르는
소르그 강가에서 한 대장장이가 작업하는 광경을 몰래 지켜보곤

했다. 어린 샤르에게 그 대장장이는 우주의 원소들이 지닌 힘을 필요에 따라 증가시키기도 하고 줄이기도 하면서 제어할 줄 아는 '위대한 인간'으로 보였다(갈리마르 판 전집 1,244쪽)

29 **르나르디에르** 프로방스 지방의 작은 읍 세레스트의 뤼베롱 산골짜기에 있던 옛 농가의 이름. 그 농가는 샤르의 레지스탕스 시절 동료였던 조르주-루이 루의 집안이 대대로 소유해 온 농가였다. 세레스트는 샤르의 고향 마을에서 50킬로 정도 떨어져 있고, 샤르는 그곳을 거점으로 항독 레지스탕스 운동을 했다.

34 **이레네** 그리스 신화에서 제우스와 테미스 사이에서 난 딸의 이름(그리스어로는 '에이레네')으로, 어원적으로 '평화'를 의미한다.

39 **1939년 9월 3일** 제2차 세계 대전이 발발한 날.

40 **로제 보농** 샤르의 가까운 지인 중 하나. 직업은 조판공이었고, 제2차 세계 대전에 참전하여 1940년 프랑스 북부 노르 지방의 덩케르크에서 사망했다.

44 **나는 잠시 ~ 본떠 낸다** 프랑스어 원문은 "Je m'appuie un moment sur la pelle du déluge et chantourne sa langue."인데, 낯선 구문 연결 때문에 핵심 어휘들(pelle, chantourner, langue)의 중의성이 문장 속에서도 거의 그대로 유지되고 있다. '삽(pelle)'은 샤르의 시에 반복적으로 등장하는 어휘 중 하나고, "[바다의] 푸르고 긴 삽"(「연보」)이라는 표현에 비추어 보면 그 은유의 쓰임새를 어느 정도 심작할 수는 있나. 하시만 번역자는 애초에 'pelle'을 '깊은 키스'로, 그리고 'langue'는 '언어'가 아닌 '혀'로 번역하고 싶었다. 동사 'chantourner'도 마찬가지다. '(형태를) 도려내다, 깎거나 파내다, 깎아 다듬다, 공들여 만들다' 등의 여러 의미소 중에서 하나를 선택하기가 몹시 어려웠다. 결과적으로 이 번역문은 일종의 타협의 결과물인 셈이다.

**포화 상태에 이른 피티** 델포이 신전에서 아폴로의 신탁을 받던 무녀.

**49** **소르그강의 루이 퀴렐** 소르그강은 샤르의 고향 일쉬르소르그를 흐
르는 강의 이름이고, 루이 퀴렐은 고향 마을의 농부였다. 샤르가
특별히 사랑하고 존경했던 고향 사람들 중 하나다. 도로·철도를
보수하는 일, 강의 제방과 수계(水界)를 관리하는 일 등의 여러 가
지 일을 했고, 공산주의자였다. 그의 아들 프랑시스 퀴렐은 샤르의
어린 시절 단짝 친구이자 '동네 형'이었는데, 성장해서는 '나무 가
지치기 일꾼'으로 일했다. 아버지와 마찬가지로 공산주의자였던
프랑시스는 나치 점령기에 게슈타포에 체포되어 오스트리아의 수
용소로 보내졌고 종전 뒤에야 고향으로 돌아올 수 있었지만, 자신
을 밀고한 자가 누구인지 알려고 하지 않았다.

**53** **쑥독새의 입으로** 스페인 내전에서 죽어간 '죄 없는 아이들'에게 바
쳐진 시들 중 한 편이다. 샤르는 이 시를 〈게르니카〉의 화가 피카
소에게 보내면서 삽화를 부탁했고, 1939년 문예지 『카이에 다르
(*Cahiers d'art*)』에 피카소의 그림과 함께 자필 원고 형태(제목은
「올리브 세례를 퍼붓던 아이들……」)로 처음 발표했다. 1937년에 발
표한 시집 『학동들의 에움길을 위한 격문(*Placard pour un chemin
des écoliers*)』 또한 샤르가 스페인 내전에서 희생당한 아이들에게
헌정한 시집이다.

**60** **11월 8일자 카드** 1942년 11월 8일. 연합군이 북아프리카 해안에
상륙한 날이다.

**69** **초석** 벽이나 바닥에 습기가 차면 가느다란 실 모양의 보푸라기
혹은 곰팡이처럼 생겨나는 물질. 화약의 재료로 쓰였다.

**76** **에바드네** 여성 고유 명사. 고대 그리스 신화에서 바다의 신 포세
이돈과 물의 요정 피탄 사이에서 난 딸이자 태양신 아폴론과의
사이에서 이아모스를 낳은 여인. 또는 아르고스의 왕 이피스의
딸로서 카파네우스와 결혼하여 아들 스테넬로스를 낳았지만, 남
편이 죽자 남편의 시신을 화장하는 불에 뛰어들어 스스로 목숨
을 끊은 여인의 이름이기도 하다. 그러나 이 시의 내용과 그리스

신화의 '에바드네' 사이에 어떤 연관성이 있는지는 모호하다. 시의 제목으로 사용된 그 이름을 '이브, 에덴, 아담, 탄생(né)' 등을 가리키는 프랑스어 단어들의 조합으로 해석하는 견해도 있다.

**모벡성** 프랑스 남부 오베르뉴-론-알프 지방에 폐허 상태로 남아 있는 중세 시대의 고성.

84 **범의귀** 주로 고산 지대의 바위틈에서 자라는 식물로서, 뿌리로 바위에 균열을 내며 사는 강인함이 특징이다. 프랑스어 명칭 'saxifrage'는 어원적으로 '바위를 깬다'는 뜻이고, 별칭으로 사용되는 프랑스어 '까스-피에르(casse-pierre)'도 원래 '돌 깨는 망치'를 가리키는 단어다. 샤르의 시에서 범의귀는 '궁핍한 시대'의 어둠에 맞서 싸우는 시인, 그 강인한 의지의 표상이다. 시집 『말의 군도(La parole en archipel)』에 실린 샤르의 시 「범의귀 프로메테우스를 위해(Pour un Prométhée saxifrage)」(갈리마르 판 전집 399쪽)는 사실상 「라인 강(Der Rhein)」의 시인 횔덜린에게 헌정된 시다.

**생탈리르 광천** 프랑스 중부 산악 지대의 클레르몽-페랑에 위치한 샘으로, 다량의 석회질 성분 때문에 '돌로 바뀌는 물'이라는 별칭을 얻었다.

99 **알베르 카뮈** 알베르 카뮈는 1946년 『히프노스 단장』이 갈리마르 출판사에서 〈희망〉 총서로 출간될 때 그 총서의 책임 편집자였고, 1959년 프랑스어/독일어 대역판으로 출간된 샤르의 독일어 번역 시선집에 서문을 썼다. 두 사람이 주고받은 편지들의 모음이 우리말로도 번역되어 있다(『알베르 카뮈와 르네 샤르의 편지』, 마음의 숲, 2017).

101 **히프노스** 샤르는 1943년~1944년 사이에 프로방스 지방의 고향 인근 세레스트를 거점으로 항독 지하 운동에 뛰어들었고, 1944년 부터는 '낙하산 착륙 지원 부서'의 도(道) 책임자로 활동했다. 그 시기에 '알렉상드르 대위'라는 호칭과 함께 그가 사용한 암호명 중 하나가 '히프노스'(프랑스어 발음은 '이프노스')였다. 물론 히프노스

는 그리스 신화에서 '밤의 여신' 닉스의 아들이자 '죽음의 신' 타나토스의 쌍둥이 동생인 '잠의 신'을 가리키는 이름이다.

**105**   **아르튀르 르폴**   샤르의 항독 레지스탕스 동료였던 브뤼노 샤르마송(Bruno Charmasson)의 가명.

**전지(剪枝)꾼**   프랑시스 퀴렐(Francis Curel)을 가리킨다. 49쪽 역주 참조.

**107**   **바르두앵**   (원주) 언급된 사람들의 이름은 모두 1944년 9월에 바로잡은 실명이다.

**108**   **무도회**   '무도회'를 의미하는 프랑스어 'bal'은 '감옥의 규정을 위반한 수감자들에게 징벌로 부과하는 강제 보행'을 의미하기도 한다.

**113**   **마담**   프랑스어 원문의 'mouche'를 두 개의 우리말 단어('밀고자'와 '표적')로 번역했다. 프랑스어 단어 'mouche'에는 '파리, 밀고자, 표적' 등의 의미가 있고, 'fine mouche'라는 관용적 표현은 '교활한 사람', '산전수전 다 겪은 여자'를 의미한다.

**114**   **마르탱 드 레이안**   샤르의 항독 레지스탕스 동료.

**123**   **LS**   (원주) 피에르 젱제르망, 일명 레옹 셍제르맹.

**뒤랑스 12 임시 은닉처**   샤르의 항독 지하 운동 시기에, 낙하산으로 투하된 인력이나 피격당한 비행기에서 탈출한 조종사들의 임시 은닉처로 사용되던 장소를 가리킨다. 피에르 젱제르망이 현장 책임자였다.

**124**   **바펜**   나치 친위대 소속 전투 부대.

**레메**   나치 점령기에 프랑스 비시 정권이 외국인 노동자 강제 수용소를 설치했던 프로방스 지방의 작은 읍. 망명한 스페인 공화파들도 그곳에 수용되었다.

**밀밭 친구와 잠수병**   '밀밭 친구'와 '잠수병'은 샤르와 항독 지하 운동을 함께 한 동료들을 가리키는 일종의 암호명인데, 65번째 단장에 나오는 로제 쇼동과 가브리엘 베송이 바로 그들이다.

135  **열렬히 사랑했다**  (원주) 그날, 그 마을 사람들이 내게 보여 준 성숙한 마음보다 오히려 내가 왕자로 선택된 것은 그저 우연에 불과하지 않겠는가?(1945)

155  **소만**  샤르의 고향 일쉬르소르그에서 아주 가까운 거리에 있는, 프로방스 지방의 작은 읍. 소만성(城)은 16세기 이래로 사드 가문의 소유였고, 사드는 유년 시절 그곳에서 성장했다(208쪽 참조). 사드의 소설 『소돔 120일』에 나오는 실링성의 모델 중 하나이기도 했다. 사드의 이름은 샤르의 글에 여러 차례 등장하는데, 그는 랭보, 헤라클레이토스 등과 함께 샤르가 강한 정신적 유대감을 피력한 역사적 인물 중 하나다.

**반바지**  원문의 프랑스어 단어는 '퀼로트'. 구체제의 남성 귀족들이 입던, 무릎까지 내려오고 승마복처럼 몸에 꼭 끼는 스타일의 바지를 가리킨다.

156  **칼라봉**  프로방스 지방을 흐르는 작은 강의 이름.

174  **보주**  프랑스 북동쪽 로렌 지방에 위치한 도(道)의 이름이자 그 지방에 있는 산맥의 이름.

175  **르 토르**  샤르 고향 인근의 작은 읍. 소르그강의 두 지류 사이의 평야 지대에 위치해 있다. 샤르와 그의 친구들의 초청으로 철학자 하이데거가 샤르의 고향 인근에서 행한 세 번의 철학 세미나(1966, 1968, 1969)를 흔히 '토르 세미나(Les séminaires du Thor)'라고 통칭한다.

177  **Cur secessisti?**  라틴어로 "너는 왜 떠났는가?". 프랑스 남동부 느롬 도의 산악 지대에 위치해 있는 올랑성의 정원에서 발굴된 갈로-로망 시대의 묘석에 새겨진 글귀. 드롬은 샤르의 고향이 있는 보클뤼즈도의 북쪽에 면해 있고, 올랑은 항독 지하 운동가들의 거점 중 하나였다.

**올랑**  프로방스 지방의 작은 마을 이름.

183  **가루가 된 시**  『가루가 된 시』의 1947년 판 시집 한 권의 속표지에 샤르가 손 글씨로 남긴 메모: "나의 시는 반항하는 내 소망이다.

나의 시에는 파탄의 견고함이 있고, 나의 시는 내 미래의 숨결이다."(갈리마르 판 전집 1,246쪽)

189 **모든 것은 샛길로 사라진다** 이 시에 관한 샤르의 메모: "세 명의 운명의 여신은 자신들이 아이를 원했다고 인간의 손가락들 위에 속삭인다. 헛된 바람. '올리브 나무가 빛나는 대지여/ 모든 것은 샛길로 사라진다.' 열쇠는 수은(水銀)으로 머문다."(갈리마르 판 전집, 1,247쪽)

192 **돈네르바흐 뮐** 시의 제목은 프랑스 알자스 지방의 산중에 있는 호수 이름. '돈네르바흐'는 독일어로 '우레(Donner)'와 '개울(Bach)'이 결합된 형태의 단어고, '뮐(Mühle)'은 '(물)방아, (물)방앗간'을 가리킨다. 이 시와 관련하여 샤르는 자신의 경험 하나를 밝힌 적이 있다. "바랭(Bas-Rhin)에서 포병으로 근무하던 1939년 겨울, 제대로 사용되지 않는 대포들 뒤에서 지겹도록 울적해 하던 나는 여유 시간이 생길 때마다, 대개는 밤에, 동료 한 명과 함께 스트뤼트에서 3킬로 떨어진 돈네르바흐 뮐 호숫가의 산림 관리인 집에 가서, 산림 관리인 부부가 차려 주는 소박하면서도 너무나 맛있는 식사를 하곤 했다. 차갑게 언 대기, 바닥에 수북이 쌓인 눈, 떼 지어 달아나는 사슴들과 멧돼지들 사이로 돌아오는 길은 별들의 축제였다."(갈리마르 판 전집, 1,247쪽) 1939년 9월 프랑스에 총동원령이 내려지면서 샤르는 12년 전에 복무했던 포병 부대로 징집되었고, 한동안 바랭의 포병 연대에 배속되어 근무했다. 샤르는 독일과 프랑스 사이에 휴전 협정이 체결된 직후인 1940년 7월에 징집 해제되었다.

202 **디아나** 달과 사냥의 여신.

203 **로제 베르나르** 샤르와 같은 고장 출신의 인쇄공. 나치 점령기에 독일 강제 징용에 소집되자 불응하고, 샤르가 책임자였던 부서에서 함께 레지스탕스 활동을 했다. 1944년에 활동 거점이었던 세레스트 인근에서 독일군의 불심 검문에 걸려 현장에서 처형당했다. 향

년 23세. 『히프노스 단장』의 138번째 단장에서 'B'라는 이니셜로 표기된 인물이 바로 그 청년이다.

**204  자크마르와 쥘리아**  평범한 남자 이름과 여자 이름이다. 그러나 샤르에게는 특별한 이름들일 수도 있다. 쥘리아는 샤르의 아버지가 결혼 일 년 만에 결핵으로 떠나보낸 첫 번째 아내의 이름이다. 그는 첫 아내의 여동생을 두 번째 아내로 맞았는데, 사 남매의 막내로 태어난 샤르의 제일 손위 누이의 이름도 쥘리아였다. 샤르가 태어났을 때 누이 쥘리아는 열여덟 살이었고, 보수적 가톨릭 신자이면서 기질적으로도 엄격하고 무뚝뚝했던 어머니 대신에 그 누이가 어린 샤르에게는 거의 어머니 같은 역할을 한 것으로 알려져 있다. 자크마르는 프랑스의 여러 도시에 남아 있는 옛 시계 종탑의 이름, 또는 그 종루에서 망치로 종을 쳐서 시간을 알리던 목제(혹은 철제) 자동인형의 이름이다. 어원적으로 '자크'는 들판에서 기도 시간을 알리던 농부의 이름이고 '마르'는 마르토(marteau), 즉 망치의 줄임말이라는 해석도 있다. 샤르의 고향 인근인 아비뇽의 '시계 광장' 옆에 있는 종탑의 경우, 병사 복장을 한 자크마르가 장미꽃을 손에 든 아내와 종을 사이에 두고 마주보는 형상으로 만들어져 있다.

**206  레보**  프로방스 지방에 있는 마을의 이름(정식 명칭은 레보 드 프로방스). 낡고 허물어진 성벽으로 둘러싸인, 언덕 위의 작고 아름다운 마을이다.

**208  상어와 갈매기**  이 시에 관한 샤르의 언급: "'상어와 갈매기'라는 주제는 1946년 지중해 근처에서 우리를 열광시켰다. 나는 방스에 있던 앙리 마티스를 보러 가서 그 주제에 대해 함께 이야기했다. 그 둘의 완벽한 결합이 우리를 사로잡았다."(갈리마르 판 전집 1,247쪽)

**210  마르타**  어린 시절에 샤르가 몹시 따랐던 손위 누이의 여자 친구 이름이자, 신약 성서 「요한복음」에 나오는 여인(라자로의 누이)의 이름.

**211** **영주(領主)** 이 시와 관련된 샤르의 증언: "쉬는 법이 없는 손으로 그가 직접 집을 지었을 때 마치 레오나르도 다빈치가 꿈꾸었을 집 같았던 '총포상' 장-팡크라스 누기에의 집, 언제나 그 집의 문턱에서 나를 맞이하던 그의 단단한 실루엣. 늙은 가지치기 일꾼이었던 그 남자, 나무에서 떨어져 반쯤 불구가 되었지만 여전히 활달하고 성격 좋았던 그 남자의 기묘한 고귀함. 그리고 좀 더 거슬러 올라가면, 자줏빛 인간 사드 후작이 있다. 나는 그가 죽기 직전에 샤랑통에서 쓴 애절한 편지들을 나의 대모 루이즈의 조부였던 공증인 로즈에게 읽어 주곤 했다."(갈리마르 판 전집 1,247쪽) 장-팡크라스 누기에는 루이 퀴렐(49쪽 역주 참고)과 마찬가지로, 십대 시절의 샤르에게 '대지 위에 두 발을 딛고 사는 당당하고 품격 있는 삶'의 모범을 보여 준 평범한 고향 사람들 중 한 사람이다. 그리고 샤르의 대모 루이즈 로즈는 공증인 집안 출신으로, 사드 후작의 공증인이었던 사람의 후예다.

**225** **리라** 1953년 『새로운 신프랑스 잡지(*NNRF*)』 6호에 샤르가 발표한 같은 제목의 시: "혼례의 리라, 가차 없는 리라/ 하늘에서 독수리 깃털 하나가 떨어진다./ (발견된 적이 거의 없는)"

**230** **이본느** 이본느 제르보스(Yvonne Zerbos, 1905~1970): 남편인 크리스티앙 제르보스와 함께 1926년 문예지 『카이에 다르(*Cahier d'art*)』를 창간한 여성. 르네 샤르와는 연인에 가까운 특별한 관계였고, 1947년 아비뇽 교황청에서 열린 대규모 전시회를 샤르와 공동으로 기획하기도 했다. 샤르가 그녀의 이름을 제목으로 사용한 또 다른 시편도 있다(「이본느—환대에 대한 목마름(Yvonne— La soif hospitalière)」, 갈리마르 판 전집 430쪽).

## 르네 샤르, 아포리아에 대한 명석성

심재중(서울대학교 불어불문학과 강사)

## 프랑스 시인 르네 샤르

르네 샤르(René Char, 1907~1988)의 시인으로서의 활동은 1929년 시집『병기창(*Arsenal*)』이 발간되면서 시작되어 1988년 유고 시집『그저 짐작만 할 수 있을 뿐인 존재에 대한 찬가(*Éloge d'une Soupçonnée*)』에 이르기까지 근 60년에 걸쳐 있다. 그 사이에 그는 30여 권에 달하는 단행본 시집들과 네 편의 희곡, 두 편의 발레 대본을 썼다. 첫 시집을 발표한 직후부터 그는 초현실주의 운동에 가담했고, 1930년대 중반부터는 소위 '교조화되기 시작한 초현실주의'와 일정한 비판적 거리를 유지했다. 초현실주의 시기의 대표 시집으로『주인 없는 망치(*Le marteau sans maître*)』를 꼽을 수 있다면,『격정과 신비』는 그의 시적 생애 전체를 대표하는 시집 중 하나라고 할 수 있다.

흔히 그는 어렵고 난해한 시인, 레지스탕스의 시인, 생전에 갈리마르 출판사의 플레야드 전집 총서에 오르는 '영광을 누린' 시인으로 알려져 있다. 그는 신비주의적이고 비교적(秘敎的)인 경험을 추구하는 듯 보이면서도 가장 구체적인 행동으로 역사 현실에 참여한 시인이었고, "파리 시인들의 우의, 적의, 어리석음"에 등을 돌리고 "단순한 사람들과의 만남"을 향해 떠난 랭보(「너 떠나길 잘했다, 아르튀르 랭보여」)에게서 자기 자신의 "사라져 버리고 싶은 강렬한 욕구"(「들리지 않는다」)를 읽어 내면서도 60여 년에 걸친 시작 활동을 통해 가히 '국민적인 시인'이 된 시인이기도 하다.

『격정과 신비』에 실린 『히프노스 단장』의 머리말에 그는 다음과 같이 썼다. "이 메모들은 자신의 의무를 자각한 휴머니즘, 자신의 효력에 신중한 휴머니즘, 스스로의 변덕스러운 햇살에 다다를 수 없는 자유를 예비해 주고 싶어 하는 휴머니즘, 그리고 그걸 위해 대가를 치를 각오가 되어 있는 휴머니즘의 저항의 기록이다." 이 문장은 『격정과 신비』, 나아가서 샤르의 시 전체에 대한 머리말로 읽어도 무리가 없어 보인다. 어떤 의미에서 그는 인간 정신의 위대함과 숭고한 휴머니즘의 가치를 옹호한 '낭만주의의 마지막 투사-시인'이라고도 할 수 있다. 다만 역설적이게도, 그의 시대에 이르러 그 휴머니즘의 보루를 자처하는 시는 아주 오래되고 낡은 '첨단 직종(職種)' 중의 하나가 되어 버렸다.

이 해설에서 우리는 그의 휴머니즘이 시와 어떤 관계가 있고 그의 시와 행동 사이에는 어떤 관계가 있는지, 그리고 그의 시가 왜 그토록 어렵고 난해한지, 시의 가능성과 당위성을 증명하기 위해 그가 왜 그토록 애쓰는지 등에 대한 개략적인 설명을 제시해 보고자 한다.

## 『격정과 신비』: 아포리아, 아포리즘, 역설

『격정과 신비』의 제일 앞에는 그 몇 년 전에 단행본으로 발표되었다가 그 시집에 재수록된 『유일하게 남은 것들』의 「머리말」이 실려 있다. 우리가 '머리말'이라고 번역했지만, 원제인 프랑스어 단어 'argument'의 의미는 '개요, 요지'에 가깝다. 시집 전체에 대한 일종의 '요점 정리'인 셈이다. 요컨대 그 글은 시가 아니라 시집의 서문이다. 그러나 샤르의 시들 못지않게 그 글도 함축적이고 암시적이고 모호해서, 거의 시처럼 읽힌다. 명쾌한 해석을 내리기는 어렵지만, 그 글에는 시인 르네 샤르가 보는 인간의 보편적인 조건, 그의 역사의식과 역사 전망, 시와 시인의 역할에 관한 그의 입장 등이 압축적으로 요약되어 있다. 그런 점에서, 그 글 또한 『격정과 신비』 전체에 대한 머리말로 읽어도 무리가 없어 보인다.

인간은 도망치듯 질식 상태를 피한다.

상상을 초월하는 탐욕으로 끝없이 비축하며 칩거하는 인간은 두 손에 의해, 갑자기 불어난 강물에 의해 해방될 것이다. 예감 속에서 날카롭게 벼려지는 인간, 내면의 침묵을 벌채하여 여러 개의 무대로 나누는 인간, 이 두 번째 인간이 **빵** 만드는 사람이다.

한쪽 사람들의 몫은 감옥과 죽음. 다른 쪽 사람들의 몫은 **말씀**의 유목.

창조의 경제를 넘어서고 행동의 피를 강대하게 만드는 것, 그게 바로 모든 빛의 의무.

우리는 악마의 만능열쇠와 천사의 열쇠가 나란히 잇대어진 둥근 고리를 쥐고 있다.

의식의 여명이 우리 고통의 쓰라린 능선 위로 나아가며, 날라 온 진흙을 내려놓는다.

혹한에 대비하는 팔월의 초목처럼 여물어 단단해지기. 한 차원이 다른 차원의 열매를 가로지른다. 서로 적수인 차원들. 속박의 멍에와 떠들썩한 혼례에서 멀리 비켜나, 나는 보이지 않는 잠금쇠의 쇠를 두드린다.

모든 시는 인간의 삶에 뿌리를 내리고 있다. 그리고 인간이 역사적인 존재인 한에서, 특정한 시대의 시는 고유의 특수한 방식으로 그 시대와 대결하기 마련이다. 물론 시가 지닌 그 반시대적 수행성의 동력을 각각의 시인이 어디에서 찾는가 하는 것은 별개의 문제다. 그런 관점에서 보면, 인용문의 두 번째 문장에 나오는 대홍수의 은유("갑자기 불어난 강물")는, 그것이 '해방의 계기'로 묘사되어 있다는 점에는 일단 괄호를 치고 약간 도식적으로 읽자면, 20세기 전반의 유럽을 휩쓴 '파시즘의 물결'을 떠올려 준다. 그러나 샤르의 관점에서, '대홍수-재앙'의 역사적 뿌리는 좀 더 깊다. 축적("비축")의 경제를 추동하는 물질적 진보의 신화, 그리고 그 신화를 떠받치고 있는 도구적 이성과 합리성의 원리도 그 뿌리 중 하나다. '탐욕스러운 축적의 경제'는 필연적으로 인간을 가두고, 결국에는 대홍수로 귀결된다. 예컨대 초현실주의자들은 합리성의 원리에 포획된 서구 문명의 수도 파리에서 욕망과 무의식의 '범람'으로 그 '대홍수-재앙'에 맞불을 놓으면서, 인간과 세계의 해방과 갱신을 꿈꾸기도 했다. 그런 점에서, 샤르가 말하는 대홍수의 의미는 그 역사적 뿌리 못지않게 복합적이고, 또한 양가적이다.

'물결'이라는 단어가 떠올려 주는 '강의 흐름'은 이 세계 안에서 이루어지는 삶과 역사의 은유로 흔히 사용되고, 샤르의 경우에도 그렇다. 대홍수는 성서적 은유지만, 샤르가 말하는 대홍수는 초월자의 징벌이 아니다. 그것은 "질식 상태"를 견디지 못하는 인간과 생명의 원리 자체에서 비롯되는 세계 내적 사태이고, 생성과 소멸을 반복하는 시간성의 존재론적 숙명에서 벗어나기 위해 '둑을 쌓고 벽을 쌓는' 인간의 근본 성향에서 비롯되는 사태다. 다시 말해서 샤르가 말하는 대홍수 또한 인간과 역사("두 손")의 소산이다. 다만 창세기의 대홍수가 죄악과 타락에 빠진 인간 세상을 무로 되돌리면서 소수의 선택받은 자들만을 지상에 남겨 놓았듯이, 샤르의 대홍수도 총체적 악의 범람에 의한 '세계 상실'의 사태 앞에서 새로운 삶을 일구는 소수의 저항자들을 남겨 놓는다.

삶의 터전인 대지를 송두리째 삼켜 버린 '대홍수-재앙'의 상황에서 노아의 방주처럼 "유일하게 남[는]" 삶과 희망의 장소는 척박한 '산악의 능선'이다. 그리고 그곳이 샤르가 말하는 저항자들의 장소다. 사실 그곳은 삶이 거의 불가능한, 세계의 가장자리이자 절망과 무기력의 장소다. 그러나 강의 물줄기가 시작되는 시원의 자리라는 점에서, 삶이 시작되는 기원("여명")의 자리이기도 하다. 궁극적으로, 유일한 희망의 장소인 '산악의 가파른 능선'은 절망과 희망, 불가능과 가능, 침묵과 말 사이에서 흔들리며 삶과 세계의 변경(邊境)을 포복하듯 나아가는 저항자들의 내면, 그 의식("의식의 여명이 우리 고통의 쓰라린 능선 위로 나아가며, 날라 온 진흙을 내려놓는다.")의 은유가 된다.

절망과 무기력에 맞서 싸우는 저항자들, "행동의 피"로 들끓는 저항자들에 의해 인간과 세계는 '마치 처음처럼' 다시 숨을 쉬기 시작할 것이다. 그들은 "내면의 침묵"과 어둠을 벌채하여 새로운 삶의 '거처'를 구획("내면의 침묵을 벌채하여 여러 개의 무대로 나누는")하는 사람들이고, "고통의 쓰라린 능선" 위로 포복하듯 나아가며("말씀의 유목") 인내의 작업을 통해 '희망의 얼굴'("빵"과 "여명")을 그리는 사람들이다. 대홍수는 거대한 재앙이지만, 결국 그들에 의해 인간과 세계를 '트인 공간'에서 새롭게 숨 쉬게 해 주는 해방과 신생(新生)("진흙")의 계기로 전환된다.

'반항과 저항의 사상가' 알베르 카뮈가 소설 『페스트』에서 도저한 절망과 허무를 페스트로 은유화하면서 그 재앙을 극복할 수 있는 희망의 원리를 암중모색했던 것처럼, 샤르 또한 대홍수의 거대한 물결에 포획된 인간과 세계의 해방 가능성, 그 희망의 원리를 절망적으로 탐색한다. 그런데 그의 저항은 어떤 점에서 '절망적인' 탐색일까. "창조의 경제"라는 표현이 우리에게 떠올려 주는 기독교적 역사관에 의하면, 인간의 궁극적인 구원은 세계의 지평 저 너머, 지속의 시간 바깥에서 온다. 그때의 구원이란, 지속의 시간 속에서 삶을 영위하는 우리 인간의 보편적 조건이기도 한 모든 종류의 이분법적 대립(삶과 죽음, 빛과 어둠, 선과 악, 유한과 무한, 정신과 물질 등등)의 해소를 의미한다. 그러나 샤르가 말하는 '저항자들의 첨예한 의식'은 초월적인 해결책("열쇠")을 거부하면서("창조의 경제를 넘어서고") 오로지 지속의 시간과 세계의 지평 내에서만 해결책을 모색하는 의식이다. 좀 더 정확히 말하면, 초월적인 해결책("악마의 만능열쇠와 천사의 열쇠")조차도 지속의 시간 안에서만 그 의미와 유효성을 가질 수 있다고 믿는 의식이다. 그런데 지속의 시간과 세계의 지평 내에서 인간의 존재론적·숙명적 조건을 넘어서고자 시도하는 반항의 의지("행동의 피")는 근본적으로 '불가능'에 대한 욕망이고 절망적인 욕망에 가깝다. 그래서 샤르의 관점에서, 그 이분법적 대립을 해소하는 과제는 일종의 아포리아로 제시된다.

저항자의 명석한 의식은 그의 행동에 그저 단호한 의지와 강인한 인내심을 더해 줄("행동의 피를 강대하게 만드는 것, 그게 바로 모든 빛의 의무") 뿐이다. 그러나 '불가능에 대한 명석성'을 유지하면서 불가능을 욕망하는 '몸짓 자체', 악과 절망이 총체적으로 지배하는 세상의 어둠에 맞서 저항하는 행동 자체가 '희망과 구원의 빛'이라고 믿을 때, 그 몸짓과 행동은 가능과 불가능, 성공과 실패, 희망과 절망이라는 이분법을 이미 넘어서 있다. 그리하여 샤르는 대립 항들이 서로 첨예하게 맞부딪치는 '경계-접점-분할선'("우리 고통의 쓰라린 능선") 위에서 '섬광'처럼, 혹은 '여명인 동시에 황혼'처럼 드러나는("황혼의 촛불과 새벽의 여명을 똑같이 의미할 수 있는 그 하얀 선을 통해 그녀는 왔다."-「자유」) 역설적 통일성의 경험을 "삶의 신비"라고 부른다. "삶의 신비가 지닌 양자택일적 성격에서 유일하게 벗어날 줄 아는 예외성에 있어서, 우리는 정확했습니다."(「르나르디에르의 매혹」) 예컨대 밤과 낮, 겨울의 혹한과 봄의 나무는 서로 양립할 수 없지만, 그 대립과 갈등 자체가 기실은 인간과 세계의 본질적 조건이자 그 역설적 통일성의 조건("혹한에 대비하는 팔월의 초목처럼 여물어 단단해지기. 한 차원이 다른 차원의 열매를 가로지른다. 서로 적수인 차원들.")이다.

샤르에게는 시인도 그 아포리아의 과제를 마주한 저항자 중의 한 사람이다. 그리고 시인의 작업 또한 성공과 실패의 이분법을 넘어서("속박의 멍에와 떠들썩한 혼례에서 멀리 비켜나,

나는 보이지 않는 잠금쇠의 쇠를 두드린다.") 있다. 다만 "보이지 않는 잠금쇠의 쇠를 두드린다"라는 모호한 묘사 속에, 샤르가 생각하는 시의 어려움과 역설이 고스란히 담겨 있다.

> 수인인 나, 나는 영원의 바위를 기어오르는 담쟁이의 느릿느릿함과 한 몸이 되었다.(「거기 아무것도 변한 것이 없도록」, 8)

> 우리는 섬광 속에 살지만, 그 섬광이 영원의 심장이다.(「뱀의 건강을 위해」, 24)

'불가능에 대한 명석한 의식' 속에서 이루어지는 암중모색의 작업("수인인 나, 나는 영원의 바위를 기어오르는 담쟁이") 끝에서 시인은 "섬광"처럼 '희망의 얼굴'을 본다. 그 희망의 얼굴은 대홍수의 재앙에서 마침내 해방된 세계, 유용성과 도구성의 족쇄에서 풀려난 세계, 인간의 본래적 거처인 세계, 요컨대 '즉각적 자명성을 회복한 세계의 환한 얼굴'이다. 그리고 그 '세계의 환한 얼굴'은 '신비의 얼굴'이기도 하다. 우리가 항상 그 안에 머물면서 "함께 있음"[1]에도 불구하고, 섬광처럼(또는 환영처럼) 우리 앞에 드러났다가 이내 스러진다는 점에서 그렇다. 어쨌든 그 얼굴이 바로 우리의 일용할 '양식'이고, 사랑스러운

---

1 "함께 있음(commune présence)"은 1978년 갈리마르 출판사에서 출간된 샤르 시 선집의 제목이기도 하다.

'반려(伴侶)'이며, 삶의 '거처'라는 사실에는 변함이 없다. 다만 그 '섬광-얼굴-신비'를 그 신비에 부합하는 말의 형식(즉각적 자명성의 형식) 안에 봉인·보존하려는("나는 보이지 않는 잠 금쇠의 쇠를 두드린다") 역설적 시도가, 다름 아닌 '저항자-시 인' 또는 '대장장이 시인'의 시 쓰기 작업인 셈이다.

내가 쓰는 문장의 미친 누이여, 봉인된 내 연인이여,(「습곡」)

초현실주의 시인들이 흔히 그랬던 것처럼, 샤르 또한 그 희망 의 얼굴을 '신비로운 여성성의 존재'로 형상화하곤 한다. 요컨 대 『격정과 신비』는 그 '여성성의 존재'(샤르의 시에서 흔히 이 인칭 대명사로 호명되는)에 대한 격렬하면서도 절망적인 사랑 ('격정')의 기록인 셈이다. 샤르 시학의 그런 역설적 특징을 '아 포리아에 대한 명석성'이라고 부를 수 있다면, 그 시학의 특징 을 가장 잘 보여 주는 시적 언어의 형식 중 하나로 아포리즘을 꼽을 수도 있을 것이다. 그의 아포리즘이 아포리아를 정면 돌 파하는 말의 형식이라는 점에서 그렇다.

명석성은 태양에 가장 근접한 상처다.(「히프노스 단장」, 169)

자기 앞의 미지 없이 어떻게 살 수 있을까?(『가루가 된 시』 의 「머리말」)

어떤 이들은 아주 두루뭉술한 상상력에 의지합니다. 내게는 가는 것으로 족합니다.(「광주리 짜는 사람의 반려」)

그의 아포리즘들은 논리적으로 양립 불가능하고 모순되는 두 항을 마치 '초월적인 신탁'의 언어처럼 단호한 '선언의 형식' 안에 결합하고 있지만, 그 단호함의 외양 안에 여전히 '태생적 상처(불가능, 실패)'를 고스란히 간직하고 있다. 아포리즘이 아니더라도 샤르 시의 어투는 상당히 고압적으로 느껴질 때가 많다. 비유컨대, 표적을 향해 날아가는 화살처럼 단호하고 모루를 내리치는 망치처럼 가차 없다. 그만큼 그의 시 쓰기를 추동하는 열정은 성마르고 조급한 열정이다. 그렇지만 또한 그의 글은 부드럽고 간절하게 호소하는 억양을 띠기도 한다. 말을 매개로 '여성성의 신비'라는 표적에 가닿아 '함께하기'를 간절히 원하면서, 말이 갖는 '혼례의 능력'을 최대화하기 위해 말을 학대하기도 하고 구슬리기도 하는 것이다.

시는 대개 어렵고, 샤르의 시는 특히 어렵다. 조금 과장해서 말하자면, 샤르의 단어, 문장, 시편들은 때로 일종의 봉인장 같다. 그 봉인장의 수신자는 당연히 독자지만, 단어와 문장들의 '단단한 껍질'이 터지는 순간 독자의 시선 앞에 드러나는 것이 거의 아무것도 없는 듯한 느낌을 받을 때가 많다. '감추어지지 않은 온전한 드러남'의 방식으로 시적 아름다움과 진실이 여전히 '밀봉'되어 있다고나 할까. 그럴 때, 독자가 어렴풋이 포착할 수 있는 것은 단어와 문장들을 흔적으로 남겨 놓은 그 정신적 움직임의 벡터(자력선)일 뿐이다. 샤르는 말의 그런 역설적 수행력, 즉 근본적인 불가능과 무능력에서 비롯되는 말의 수행효과를 '시적 언어의 유일한 가능성'이라고 믿는 듯하다.


## 시와 사랑의 학교: 랭보, 초현실주의, 비순응주의

우리는 잘 알고 있다. 시가 없으면, 우리의 발과 그 발이 딛고 있는 땅 사이, 우리의 시선과 그 시선이 가로지르는 공간 사이에서, 세계는 아무것도 아니라는 것을.(갈리마르판 전집, 730쪽)[2]

우리가 알지 못하고 우리가 가둘 수 없는 등불, 용기와 침묵을 깨어 있게 하는 저 등불의 황금빛 정중앙 말고는, 우리는 그 누구에게도 속해 있지 않다.(「히프노스 단장」, 5)

시인은 단방향의 항구적 복원력을 지닌 인간이다.(「엄격한 분할」, 28)

나는 시인, 내 사랑 그대여, 나는 그대 있는 아득한 곳이 물을 대 주는, 마른 우물 운반자.(「엄격한 분할」, 23)

---

2   이 글에서 시집 『격정과 신비』에 실려 있지 않은 샤르의 시나 글을 인용할 때에는 프랑스 갈리마르판 전집의 쪽수로만 그 출처를 표시한다.

르네 샤르의 이런 글귀들을 읽노라면, 그는 낭만주의자처럼 보인다. 시와 사랑만이 유일하게 삶과 세계에 의미와 가치를 담보해 줄 수 있다고 단호하게 선언하면서 동시에 그 사랑의 대상이 까마득히 멀리 있다고 애태우는 사람이 있다면, 우리는 그를 낭만주의자라고 부를 수 있을 것이다. 그런데 사실, 첫 번째 인용문은 샤르가 역사상의 '위대한 거인들(grands astreignants)'('꼼짝할 수 없을 정도로 우리를 압도하여 절대적인 의무를 우리에게 부과하는 위대한 존재들'이라고 풀어서 옮기는 것이 더 적절할지도 모르겠다.) 중의 한 사람으로 간주하는 시인 랭보에 관한 그의 글에서 발췌한 것이다. 샤르에게 랭보는 어떤 점에서 '위대한 거인'인가. 샤르가 보기에 랭보는 더 이상의 다른 수식어가 필요 없는 '시인 그 자체'였다. 요컨대 시인이란 '시와 사랑만이 삶과 세계의 유일하고 절대적인 율법'이라고 믿으면서 시와 사랑이 의무로 부과하는 삶의 형식에 전적으로 자기 자신을 내던지는 사람이라고 할 수 있다. 그래서 랭보에게나 샤르에게나 시와 사랑과 삶은 거의 동의어에 가깝다. "나를 사로잡는 건 삶 말고 아무것도 없다."(「8월 13일의 별똥별」)는 단언에 드러나 있는 샤르의 태도는 시와 행동, 시와 삶의 일치를 꿈꾸었던 랭보의 태도와 그다지 다르지 않다.

그러나 시와 사랑을 섬기면서 동시에 삶을 섬기기는 참으로 어렵다. 근본적으로 시는 삶에 봉사해야 하지만, 랭보에게서나 샤르에게서나 시는 당대적인 삶의 형식에 대한 맹렬한 저항과 거부의 몸짓으로 표출되곤 했다. 요컨대 시와 삶은 샤르식으로

'당당한 맞수'라고도 부를 수 있는 한 쌍의 짝패에 가깝다. 시인은 당대적인 삶에 철저히 맞서고 저항하는 방식으로 삶과 세계를 사랑해야 하는 의무, 그리고 그 의무의 이행에 뒤따르는 고통과 시련을 결연히 떠안는 사람이라고 할 수 있다.

샤르는 "거부는 얼굴을 아름답게 만든다"(「히프노스 단장」, 81)라고 썼다. 다시 말해서 시, 아름다움, 사랑은 삶의 현실에 대한 분노와 투쟁의 동력이기도 하다. 프랑스 비평가 필립 카스텔랭(Ph. Castellin)의 표현을 빌리자면, 르네 샤르에게 "시는 카운터펀치의 기술"이었고, 초현실주의라는 '학교'에서 비순응주의적 반항의 모럴과 격렬하고 폭력적인 욕망의 미학을 학습하기 이전에도 그는 이미 강한 '펀치'의 소유자였다. 예컨대 샤르가 초현실주의적 이미지의 범람에서 합리주의적 세계관의 옹색한 '감옥'을 뒤집어엎을 수 있는 시적 혁명의 가능성을 보면서도 동시에 명석한 의식으로 그 이미지들의 범람에 수반되는 무화(無化)의 위험을 제한하려고 할 때, 그의 역설적 단호함에서는 어떤 힘이 느껴진다. 앞에서 이미 언급한 바 있는, 간결한 형식의 아포리즘이 주는 단호함과 강력함의 느낌도 마찬가지다. 그러나 어느 경우에도, 샤르가 구사하는 말의 위력은 시가 '사랑과 아름다움'의 이름으로 당대 현실 또는 인간의 존재론적 숙명에 맞서 날리는 '카운터펀치'의 위력이다. 또한 너무나 연약한 존재인 시와 사랑이 '결코 훼손되지 않는 강인함'이기도 하다는 샤르식의 역설에도 불구하고, 시와 사랑의 이름으로 벌이는 그 싸움이 근본적으로 지난한 싸움이라는 점에는 변함이 없다.


## 시와 행동

### '히프노스-시인'

『격정과 신비』는 나치즘과 전쟁으로 요약되는 역사의 암울한 상황을 배경으로 써진 시들의 모음이라고 할 수 있다. 그러나 '배경'이라기보다는, 시집 전체가 '질식과 마비' 혹은 '거대한 어둠의 물결'로 형상화되는 역사의 폭력과 그에 맞서는 시 사이의 싸움의 기록이라고 말하는 편이 차라리 옳을 것이다. 시집의 서두에 놓인 『유일하게 남은 것들』은 전쟁 직전에 쓴 시들이고 시집의 마지막에 놓인 『가루가 된 시』와 『이야기하는 샘』은 전쟁 직후에 쓴 시들이지만, 그 시편들에도 동일한 싸움의 긴장이 예감 또는 여파의 형태로 짙게 드리워져 있다.

르네 샤르는 1942년부터 고향 인근에서 항독 레지스탕스 운동에 뛰어들었다. 그러나 샤르의 경우 '레지스탕스의 시인'이라는 호칭은 그가 역사의 암울했던 시기에 행동으로 현실에 참여한 시인이라는 사실만을 가리키지 않는다. 그에게 '저항'은 시 자체의 내부에서 시의 정체성을 구성하는 핵심 요소이기도 했다. 그 점은 특히 레지스탕스 시기에 그가 쓴 단장들의 모음인 『히프노스 단장』에 잘 드러나 있다.

히프노스는 그리스 신화에서 잠의 인격신이자 밤의 아들이고, 죽음의 신인 타나토스의 쌍둥이 형제이며, 대지와 바다 위를 빠른 속도로 날면서 모든 것을 잠재우는 신으로 알려져 있다. 그런 점에서 히프노스는 부정적인 역사 현실의 은유로 사용되기에 부족함이 없다. 그러나 히프노스는 레지스탕스 시절에 샤르가 사용한 가명이기도 하고, 그의 시에서는 역설적이게도 저항의 무기인 '희망' 자체를 의미하기도 한다.

히프노스가 겨울을 장악해서 화강암으로 덮어 버렸다. 겨울은 잠이 되고 히프노스는 불이 되었다. 그 뒷일은 사람들의 몫이다.(「히프노스 단장」의 제사)

긴 세월, 시인은 아버지인 무(無) 속으로 돌아갔다. 그를 사랑하는 당신들 모두여, 그를 부르지 마라. 대지 위에 제비의 날갯짓이 더 이상 비치지 않는 것 같거든, 그런 행복은 잊으라. 고통으로 빵을 빚던 사람은 붉게 타오르는 마비 속으로 사라져 보이지 않는다.
아! 아름다움과 진리가 당신들을 해방의 축포 자리에 아주 많이 입회할 수 있게 해 주기를! (「거부의 노래」)

악귀들과 어지러운 물회오리로 자신을 괴롭히는 별의별 거짓들의 짐승 우리에, 그는 시간 속으로 멀어져 가는 자신의 등으로 맞섰다. (…)
우리는 희망 속에서 잘 것이고, 그의 부재 안에서 잘 것이다.

이성은 자신이 섣부르게 부재라고 부르는 것이 통일성 속에서 가마를 채우고 있음을 모르기 때문이다.(「부재자」)

세계가 "화강암"처럼 단단한 '히프노스적 마비'에 잠겨갈 때, "나무에 묶여 있는 미친개 같은"(「11월 8일자 카드」) 절망적 열정을 '단단한 바위' 안에 가두듯 자기 자신 속에 응집시키는("등 굽은 늙은 피"-「습곡」) 침묵의 모럴, 그것이 바로 '시인 스스로가 히프노스가 된다'는 표현의 실제적인 의미일 것이다.

인용된 두 번째 시 「거부의 노래」에는 "유격대원의 첫걸음"이라는 부제가 붙어 있다. 총체적 마비에 사로잡힌 암울한 역사 현실의 부정성 속으로 시인을 밀어 넣는 것, 그리고 그 무(無)의 공간을 용광로처럼 "붉게 타오르는" 격렬한 투쟁의 공간으로 바꾸어 놓는 것, 그리하여 '히프노스-시인'의 뜨거운 열정이 마침내 그 무의 심연("아버지인 무")으로부터 '해방-탄생'시키는 것—그것은 자신의 생생한 본 모습을 드러내는 순간의 세계 자체("아름다움과 진리")다. 히프노스적 마비의 시간에 대한 '히프노스-시인'의 저항은 극단적인 한계에 이르기까지 주체와 부정적인 현실 사이의 거리를 좁힘으로써, 달리 말하면 자기 자신을 '익명성'과 '침묵'이라는 시련 속으로 결연히 밀어 넣음으로써, 그 격렬한 맞부딪침을 통해 스스로가 새로운 시간의 '정액'이 되는 데 있다. 단호하게 '등을 돌리고' 역사의 시간 속으로 사라지면서 이제 단순하고 거친 '저항자-행동인'의 얼굴을 하고 나타난 시인의 모습을 보고, 이성은 경솔하게 시인(또는 시)의 "부재"를 말한다. 그러나 그 부재가 바로 "통일성 속에서 가마를 채우고" 있다는 믿음이 바로 '시인-투사'의 얼굴에 간직된 역설이다.

그리고 그 역설에 의해, 마비와 고화를 유발하는 것이 이윽고 변화와 생성의 힘("불")으로 전환되고, 세계를 지배하는 죽음의 충동은 '미래의 축제'("해방의 축포")를 예고하는 '불씨'로 바뀐다. 그러한 변용의 신화적 배경은 아마도 히프노스가 연인인 엔디미온(Endymion)의 눈을 항상 보기 위해 그에게 눈을 뜨고 자는 능력을 주었다는(또는 연인을 항상 보기 위해 히프노스가 눈을 뜨고 선 채로 잠을 잔다는) 전설일 것이다. 이제 '히프노스-시인'의 시간은 "지독한 인내"(「습곡」)의 시간이고, 잠의 시간이기보다는 '불면'의 시간이 된다.

> 나의 사령관, 등 굽은 늙은 피여, 우리는 공포심까지 느끼며 달빛처럼 번지는 구토를 몰래 지켜보았다. 우리는 지독한 인내로 스스로를 달랬다. 우리가 알지 못하고 우리가 가 닿을 수 없는 등불 하나, 세상 끝에 있는 등불 하나가, 용기와 침묵을 깨어 있게 했다.
>
> 아, 모욕당한 삶이여, 진실이 꼭 행동에 앞서지 않는다는 걸 잘 아는 나는, 이제 확신에 찬 발걸음으로, 너의 경계를 향해 걷는다.(「습곡」)

아름다움이여, 지독한 나병에 걸린 길들 위,

등불과 몸을 숨긴 용기의 숙영지에 우뚝 서 있는 나의 여인아,

내가 얼어붙고 당신은 십이월의 내 아내이기를.

미래의 내 삶은, 잠잘 때의 당신 얼굴이다.(「보주의 초가지붕」)

불면("지켜보았다", "깨어 있[음]") 속의 그 "지독한 인내"를 가능케 해 주는 것은 아득한 미래의 지평에 걸려 있는 '연인의 눈–등불'("세상 끝에 있는 등불 하나")이다. 달리 말하면, 두 번째 인용의 "잠잘 때의 당신 얼굴"이라는 이미지가 말해 주는, '미지의 가능성으로서의 삶과 세계의 얼굴'이 바로 그것이다. "돌같이 단단한 절제로, 나는 아득한 요람들의 어머니로 남는다."(「히프노스 단장」, 95)라든가 "수인인 나, 나는 영원의 바위를 기어오르는 담쟁이의 느릿느릿함과 한 몸이 되었다."(「거기 아무것도 변한 것이 없도록」, 8)라는 구절에서 읽을 수 있듯이, "화강암"처럼 단단한 현실과 '나' 사이의 치열한 대결은 '나'를 바위와 거의 한 몸이 되어 바위에 뿌리를 내리고 균열을 내는 "담쟁이"로 형상화하기에 이른다.

사실 레지스탕스 운동가에게 요구되는 엄격한 행동 원칙, 즉 즉각적 실효성과 효율성의 원칙은 근본적으로 '시–사랑'과 양립하기 쉽지 않다. 그러나 세상으로부터 '등을 돌리고' 험준한 암벽 사이로 떠난 '히프노스–시인'의 헐벗은 내면은 여전히 시와 사랑에 대한 간절한 호소로 가득하고, 그의 내면은 동굴에 갇힌 "늑대"(「경의와 굶주림」)처럼 지독한 허기로 달아올라 있다. 그가 내리는 행동의 신속한 결정 속에 그 결정의 '아득한 기

원이자 미래'로 시와 사랑이 연루되어 있다는 점에서 그렇다. 요컨대 샤르에게 시는 언제나 행동의 "진홍빛 누이"였다.

내 진홍빛 누이가 땀에 젖어 있다. 격앙된 내 누이가 무기를 잡으라고 촉구한다.(「돈네르바흐 뮐」)

우리는 터질 것 같은 심정으로, 가서 정면으로 맞섰다.(「히프노스 단장」, 4)

역사의 질곡에 돌처럼 단단한 침묵과 행동으로 맞서는(시 「혼례의 얼굴」, 「건초 만드는 계절」, 「소르그강의 루이 퀴렐」, 「엄격한 분할」의 54번째 단장 등에서 볼 수 있는 '남성적 직립'의 이미지들이 시사하는) '히프노스-시인'의 내면에서, 아득한 미래의 이름으로 그 행동을 지시하고 명령하는 것은 여전히 시와 사랑의 율법이다. 샤르에게 레지스탕스 투사란, '마을'을 질식의 공포와 마비 속으로 몰아넣는 역사의 폭력에 맞서서 '총을 든 시인'을 가리킨다. 다만 이제는 그의 시에도, 레지스탕스 작전 지역에서와 마찬가지로, 실제적·즉각적 실효성이라는 원칙이 좀 더 엄격하고 긴박하게 적용된다. 「히프노스 단장」의 첫 번째 단장에 제시되어 있는 "효과적으로 표적에 도달하는 법", 153번째 단장의 "어떤 일이 일어나야 하는지 말아야 하는지를 결정하는 순간의 이 단순화할 필요성"이라는 원칙은 레지스탕스의 수칙인 동시에 시의 수칙이 되고, 전쟁과 전투의 무기들이 시의 언어를 가리키는 은유로 자주 사용된다. 예컨대 "모든 것, 그 모든 것에 맞서는 콜트 권총 한 자루, 떠오르는 태양의 약속!"(「히프노스 단장」, 50)이라든가, 까마득한 창공의 명매기를 떨어뜨릴 수 있는 "소총 한 자루"(「명매기」), "파벽추(破壁錘)가 펜촉으로 달린 펜"(「히프노스 단장」, 194) 등이 그 대표적인 예들이다.

어두운 계곡의 '눈밭'을 고독하게 배회하는 "늑대"(「경의와 굶주림」), 계곡의 어둠 속에 웅크린 저항 운동가, 어둠 속에서 촛불을 응시하는 조르주 드 라투르의 마들렌(「등잔불 앞의 마들렌」), 감옥 속의 사드(「영주」), 파리를 떠나 사막과 오지를 떠돈 랭보(「너 떠나길 잘했다, 아르튀르 랭보여」)—그들 사이의 혈연성은 '지워진 길' 위에서 느끼는 '맹렬한 허기'다. 그것은 새로운 삶에 대한 허기, 유한성의 감옥에 갇힌 인간과 세계를 해방시켜 줄, 미지의 '아득한' 순간에 대한 허기다.

레옹은 미친개들이 아름답다고 단언한다. 나도 그렇게 생각한다.(「히프노스 단장」, 27)

오늘 나는 무성한 웃음소리와 잎으로 덮인 나무에 묶여 있는 미친개 같다.(「11월 8일자 카드」)

거부가 "얼굴을 아름답게 만[드는]" 것처럼, 맹렬하고 지독한 허기도 저항자들의 얼굴을 아름답게 만든다. 샤르의 관점에

서, '히프노스-시인'을 비롯한 저항자들의 그 거부와 허기 역시
시와 사랑의 율법이 내리는 명령이기 때문이다.


## 수인(囚人)과 조르주 드 라투르

「히프노스 단장」의 아홉 번째 단장에서 샤르는 고대 그리스
철학자 헤라클레이토스와 17세기 프랑스 화가 조르주 드 라투
르에 대한 깊은 감사의 마음을 표하고 있다. 그 두 '거인'이 "긴
요하고 화급한 빛의 무한하고 절대적인 귀결에 왕관을 씌우기
위해 전력을 다했다"는 것이 감사의 이유다. '히프노스-시인'
의 관점에서, 그들은 '세계의 환한 얼굴', 그 '즉각적 자명성의
아름다움과 신비'를 지키기 위해 노력한 역사상의 선구자들이
었던 셈이다. 특히 드 라투르의 그림 〈등잔불 앞의 마들렌〉은
샤르에 의해 같은 제목의 시로 '번역'되었고, 「히프노스 단장」
의 178번째 단장에는 드 라투르의 그림 〈수인(囚人)〉이 샤르만
의 방식으로 재해석되어 있다.

〈수인〉은 레지스탕스 기간 동안 샤르가 머물렀던 방의 흙벽
위에 걸려 있었던 그림이고, 샤르에 의해 '역사의 어둠 속에 갇
힌 수인-저항자'들의 상황에 대한 예언적 은유로 해석된 그림
이다. 히프노스적인 마비와 폐쇄의 공간이 '조르주 드 라투르
적인 공간', 즉 '수인'과 '촛불', '수인'과 '여인' 사이의 내밀한 대
화의 공간으로 바뀌고, 고독한 저항자를 가둔 내면의 감옥이
'눈-등불' 이미지의 변용을 통해 오히려 시적 신비를 보존하는

공간으로 바뀌는 것이다.

> 두 해 전부터, 문을 지나갈 때 그 촛불의 증표를 보고 눈빛
> 을 이글거리지 않는 저항자는 하나도 없었다. 여인은 설명
> 하고, 수인은 귀 기울인다. 붉은 옷을 입고 지상에 내려온
> 천사의 옆모습이 흘리는 말들은 본질적인 말, 즉각적으로
> 구원이 되는 말이다. 감옥의 안쪽에서, 매 순간 기름처럼
> 번지는 불빛이 앉아 있는 남자의 얼굴 윤곽을 늘어뜨리고
> 희미하게 지워 버린다. 마른 쐐기풀 같은 남자의 여윈 몸을
> 전율케 할 어떤 추억도 내게는 보이지 않는다. 사발은 깨어
> 져 있다. 그러나 부풀어 오른 치마가 문득 감옥을 가득 채
> 운다. 여인의 말은 그 어떤 여명보다도 훌륭하게 예기치 않
> 은 것을 태어나게 한다.(「히프노스 단장」, 178)

인용문의 의미 공간을 전체적으로 구획하고 있는 것은 대조
의 수사법이다. 과거에 대한 모든 기억과 "추억"을 상실하고
"마른 쐐기풀" 같은 형상으로 지하 독방에 쭈그리고 앉은 남자
의 고통과 그를 시련으로부터 구원해 줄 '여인-천사' 사이의 대
조, 삶의 물질적 양식의 고갈('깨어져 흩어진 사발')과 대문자
로 표시된 '말씀-생명력'("여인의 말") 사이의 대조, 어두운 감
옥의 가장자리를 향해 "기름처럼 번지는" 불빛과 "촛불의 증표
를 보고 눈빛을 이글거리[는]" 저항자들의 갈증 사이의 대조,
비개성성 속에 지워진 "남자의 얼굴 윤곽"과 "예기치 않은 것"

의 탄생 사이의 대조— 그 모든 대립 항들 사이의 긴장 관계는 "여인은 설명하고, 수인은 귀 기울인다"라는 짤막하고 간명한 대구(對句) 속에 압축적으로 요약되어 있다.

"여인의 말은 그 어떤 여명보다도 훌륭하게 예기치 않은 것을 태어나게 한다." '세상의 끝'에 놓여 있어서 그 도달 불가능함 자체가 역설적으로 유일한 희망의 표시인 양 그려지던 고독과 인내의 시간 속에서, "그러나"라는 접속 부사에 이끌려 "문득" 그 여성성의 신비가 물질화하는 순간이 온다. 그것은 광원에서 번져 나온 불빛("부풀어 오른 치마")이 '갇힌 남자의 내면의 감옥'을 부드럽게 '채우는' 순간이다.

시「경의와 굶주림」에서는 '나'가 비워진 자리를 부드럽게 채우는 그 여성성의 '말-불빛'이 "무한한 영적 매개의 서리"라는 이미지로 변용되어 나타난다.

> 시인의 입, 정갈한 진흙을 실어 나르는 격류(激流)에 스스로를 내주는 여인이여, 아직 불안한 늑대의 갇힌 종자(種子)에 불과했던 그에게, 당신의 이름으로 윤이 나는 높은 벽의 부드러움을 가르쳐 준 여인이여. (…) 꽃가루 속에서 잠자는 여인이여, 그의 자부심 위에 당신의 무한한 영적 매개의 서리를 내려 주오. (…) 당신을 좀 더 열렬히 사랑하기 위해 그가 자신의 탄생을 알리는 나팔 소리, 고통으로 뭉쳐진 자신의 주먹, 자신의 승리의 지평선을 당신 속에서 무한정 뒤로 물리는 인간으로 남을 수 있도록.

(어두워지고 있었다. (…) 귀뚜라미는 대체 어떻게 알았을까, 대지가 죽지 않으리라는 것, 빛을 잃은 아이들인 우리가 곧 말을 시작하리라는 것을?)(「경의와 굶주림」)

'서리'가 이질적인 두 물질 또는 공간 사이의 만남과 접촉의 결과물인 것처럼, "꽃가루 속에서 잠자는 여인"이 시인의 '무뚝뚝한 내면'의 벽 위에 "내려 주[는]" 말들은 여인의 '말씀'이 시인의 '입'을 통해 구현되는 방식이다. 그리고 시인의 '입'이라는 환유를 재차 은유화하고 있는 "정갈한 진흙을 실어 나르는 격류"는 시 말미의 "빛을 잃은 아이들인 우리"라는 비유와 겹치면서, 시적 창조를 최초의 인간 창조에 은연중 연결시켜 준다. 그러므로 드 라투르적인 공간의 가장 중요한 특성은 히프노스적 마비의 공간이 새로운 생명의 탄생을 위한 혼례의 공간, 남성성과 여성성이 만나는 "규방"(「등잔불 앞의 마들렌」)으로 바뀌는 데 있다.

"불안한 늑대의 갇힌 종자에 불과했던" 남자, 그 내면의 척박한 어둠이 여성적인 '부드러운 벽'으로 바뀔 때("당신의 이름으로 윤이 나는 높은 벽의 부드러움을 가르쳐 준 여인이여"), '최초의 말'과 함께 "세상 끄트머리에서" "우리의 세계가 모습을 드러낼"(「히프노스 단장」, 180) 것이다. 그럴 때, "세상 끄트머리"는 등불에서 번져 나가는 빛무리의 가장자리, 빛과 어둠이 만나는 '경계'로 옮겨 온다. 또한 "예기치 않은" 신비의 장소는 "꽃가루"처럼 번지는 불빛이 어둠과 섞이는 경계 지점, '나'의 뜨거운 숨결이 '화폭처럼 펼쳐진 그녀의 말 위에 새겨지는 지점'("그녀의 말은 눈먼 파벽추가 아니라 내 숨결이 서리는 아마포"-「자유」)이 된다.

　요컨대 "무한한 영적 매개의 서리"는 비교적(秘敎的)인 '거리-틈-경계' 자체를 가리키는 이미지고, "예기치 않은 것"의 탄생 또한 지속적인 탄생, 즉 '끊임없는 재생'을 의미할 뿐이다. '히프노스-시인'이 그녀를 "좀 더 열렬히 사랑하기 위해 (…) 자신의 탄생을 알리는 나팔 소리, 고통으로 뭉쳐진 자신의 주먹, 자신의 승리의 지평선을 당신[그녀] 속에서 무한정 뒤로 물[려야]" 하는 까닭도 바로 거기 있다. 그것이 또한 '히프노스-시인'과 '여인' 사이의 관계를 규정짓고 있는 '경의와 굶주림'이라는 시 제목의 의미이기도 하다. 어떤 의미에서, 감옥의 공간을 신비와 재생의 공간으로 바꾸는 것은 귀 기울임, 허기, 갈증 자체이고, 해방의 가능성은 그 자체가 인간의 존재론적 '상처'다.

　　황혼의 촛불과 새벽의 여명을 똑같이 의미할 수 있는 그 하얀 선을 통해 그녀는 왔다. (…) 그녀, 상처 위의 백조는 그 하얀 선을 통해 왔다.(「자유」)

　　알 수 없는 어느 날, 어쨌든 나보다는 덜 탐욕스러운 어떤 사람들이 당신의 아마(亞麻) 옷을 벗기고, 당신의 규방을 차지할 것입니다. 그런데 그들이 떠나면서 등잔불 끄는 걸 깜박 잊을 것이고, 불가능한 해결책에 들이댄 비수 같은 불꽃이 약간의 기름을 번지게 할 것입니다.(「등잔불 앞의 마들렌」)

첫 번째 인용의 제목은 '자유'지만, 시 속의 '그녀'가 자유의 의인화인지는 확실치 않다. 다만 '그녀의 도래'가 어두운 폐쇄의 공간으로부터 '나'가 해방되는 것과 동전의 양면처럼 결부되어 있다는 것만은 분명해 보인다. 그리고 그녀가 오는 통로인 "하얀 선"은 이어지는 '새벽'이나 '황혼'이라는 이미지들과의 간섭 효과에 의해 '빛과 어둠 사이의 경계선'이라는 의미를 부여받게 된다. '여명'이 새로운 삶이 시작되는 시간적 경계의 이미지라면, "황혼의 촛불"은 어둠 또는 죽음과의 경계를 나타내는 이미지일 것이다. 중요한 것은, 그녀의 통로인 "하얀 선"이 아무런 차별 없이 '그 두 경계(여명과 황혼)를 의미할 수 있다'는 점이다. 그러므로 "그녀, 상처 위의 백조"라는 은유는 그 내밀한 의미에 있어서, 새로운 삶의 가능성 자체가 '나'의 '상처'임을 말해 준다. 그것은 '그녀의 도래'가 거의 동시에 '그녀의 떠남'으로 이어지고, 그녀와의 결합은 분리와 잘 구별되지 않는다는 것을 의미한다.

마들렌은 무릎 위에 놓인 해골에 한 손을 올려놓고 거울 속에 비친 촛불을 응시한다. 빛과 어둠, 삶과 죽음 사이의 흔들리는 경계는 '번지는 기름'이라는 이미지로 형상화되고, '그녀'와의 결합을 환기해 주는 에로틱한 장면의 주인공들은 '등불을 그대로 남겨둔 채 떠나'간다. 그들이 '그녀의 옷을 벗기고 규방을 차지하는 것'은 그들이 '나보다 덜 탐욕스럽기 때문'이라는 역설은 그녀와의 결합이 절대적인 타자와의 결합이라는 사실과 관련된 역설이다. 결합에의 욕망이 강렬할수록 다가감이 신비주의적 '고행'의 성격을 띨 수밖에 없는 존재, '소유에 의해 대상화되지 않을 때만 자신의 진정한 모습을 개시해 보이는 존재'(시 「마르타」 참조)의 절대적 이타성이 문제인 셈이다. 요컨대 시작이면서 끝이고, 상처이면서 '비수'인 가능성, "불가능한 해결책에 들이댄 비수 같은 불꽃"에 의해 가능해지는 역설적 의미 공간이 바로 드 라투르적인 공간이다.

달리 말하면, 샤르에게 있어서 저항의 행동을 이끄는 것은 역사에 대한 낙관적 전망이기보다는 역사에 대한 근본적 비관주의다. 다만, 시적 창조가 그런 것처럼, '존재의 드러냄'이라는, 불가능하기에 야심 찬 기획 속에서 행동이 이루어질 경우, 그 행동은 그 자체로서 희망의 몸짓이 될 것이다.

> 눈이 그를 덮쳤다. 그는 지워진 얼굴 위로 몸을 숙였고, 그 얼굴에 대한 맹목적 믿음을 천천히 오래 들이마셨다. 그리고 그 믿음의 끈질긴 일렁임, 양털 같은 부드러움에 실려 멀어져 갔다.(「위무」)

축적과 지속의 '시간-역사'가 궁극적으로 다다르게 되는 존재의 망각("눈", "지워진 얼굴"), 다시 말해 히프노스적 단절과 마비에 맞서는 저항의 행위는, 어떤 의미에서, "맹목적" 행위다. 드 라투르의 그림 〈등잔불 앞의 마들렌〉에서 광원으로부터 빛이 '기름처럼'(혹은 '꽃가루처럼') 번져 나가듯, '저항자-시인'의 그 맹목적 행보에 방향을 제공해 주는 것은 '그녀'에 대한 내밀한 사랑의 '물결'("일렁임")일 뿐이다. 어쨌든 '지금-여기'에 부재하는 '그녀'에 대한 사랑을 미지의 가능성을 향해 투사하는 행위들이라는 점에서, 시적 창조와 저항의 행동은 거의 하나다.

> 아, 그대, 한결같은 부재자,
> (…)
> 나는 내 모든 욕망의 무게로
> 그대의 아침 같은 아름다움을 눌렀습니다,
> 그 아름다움이 환하게 부서져 달아날 수 있게.(「인력」)

인용된 구절이 들어 있는 시의 제목은 「인력」인데, '유폐된 자'라는 부제가 붙어 있다. '갇힌 남자'의 욕망을 전적으로 지배하는 어떤 자력의 중심이 존재하고, 이 시에서도 그것은 이인칭 대명사로 지칭되는 어떤 여성성의 존재("감옥에 갇힌 무뚝뚝한 남자의 내밀한 친구"-「인력」)다. 다만 그 자력이 구심력이면서 원심력이기도 하다는 점, 끌어당기면서 밀어내기도 한다는 역설이 중요하다. 어둠과 잠으로부터 '그녀-존재'가 다시 모습을 드러내는 탄생의 가능성을 '노자(路資)' 삼아 침묵과 인내 속에서 앞으로 나아가는 저항자, 그를 이끄는 힘은 그 자력의 구심력이다. 반면에, '저항자-시인'으로 하여금 새로운 탄생의 '신비'를 말의 결정으로 응축시키면서 동시에 '그녀'를 풀어놓을 수밖에 없게 만드는 힘이 그 자력의 원심력이다. 인용에서 보듯, '그녀'가 재탄생한다는 것은 '그녀가 달아난다'는 것과 다르지 않기 때문이다. 그래서 삶과 죽음, 드러남과 사라짐이 겹쳐지는 경계의 순간들이 중요해지고, 희망은 절망과 잘 구별되지 않는다.

저항은 그저 희망일 뿐이다. 오늘 밤 구석구석 꽉 채운 만월이 되어, 내일이면 시편(詩篇)들이 지나가는 길 위의 비전이 될, 히프노스의 달처럼.(「히프노스 단장」, 168)

우리의 어둠 속에, 아름다움을 위한 특별한 자리는 없다. 모든 자리가 아름다움을 위한 것이다. (「히프노스 단장」, 237)

'달빛'은 양가적인 이미지다. 달리 말하면, 물질성과 비물질성, 탄생과 죽음, 드러냄과 감춤 모두를 자체 속에 결합하고 있는 이미지다. 다만 그것이 지닌 '끊임없는 재생'이라는 상징적 가치가 어둠을 '잘게 부수는'―단단한 바위를 균열시키는 '범의귀'(「엄격한 분할」 13, 「8월 13일의 별똥별」)처럼―인내와 결합되어("히프노스의 달"), 어둠을 비롯한 "모든 자리가 아름다움을 위한" 자리라는 단호한 긍정을 가능케 해 준다.

지금은 창문들이 집에서 몰래 빠져나와, 우리의 세계가 모습을 드러낼 세상 끄트머리에서 불 밝혀지는 시간이다.(「히프노스 단장」, 180)

투쟁이 멀어지면서, 우리에게 대지 위를 나는 꿀벌의 마음, 잠 깨어난 희미한 환영, 소박한 빵을 남겨 줍니다. 밤샘은 축제의 면책 특권을 향해 천천히 나아갑니다.(「사자자리」)

이 세계의 어떤 특별한 장소, 지속 속의 어떤 특별한 순간은 존재하지 않는다. 인용된 첫 번째 단장은 세계 전체가 밤의 어둠 속에 갇혀 버린("창문들이 집에서 몰래 빠져나와") 히프노스적 인내의 시간을 그리고 있는 것이 사실이다. 그러나 지금 이 세계의 부정성과 장차 움터 올 세계의 긍정성이 표면적으로 대립하고 있음에도 불구하고, "세상 끄트머리에서 불 밝혀지는" 창문들이라는 이미지는 대지 전체를 어떤 미지(또는 상실된 기원)의 공간과의 관계 속에 위치시킨다. 다시 말해서, 대지 전체를 '유일하게 거주 가능한 공간'으로 바꾸어 버린다. 중요한 것은 '불 밝혀지는 창'이라는 '경계-틈'의 존재 자체이기 때문이다.

시인이 추구하는 것은 "매혹적인 불가능"(「엄격한 분할」, 47)이라 명명되는 초월성의 경험이지만 그것은 이 세계에 내재하는 모순들이 서로 격렬하게 갈등하고 부딪치는("투쟁", "밤샘") 순간에만 가능하고, "축제"는 경계를 넘어서는 이행(移行)의 경험이지만 그 또한 언제나 잠재적인 가능성으로만 머문다. 사실 '우리'에게는 "잠 깨어난 희미한 환영"과 고통 속의 희망("소박한 빵")이 남을 뿐이다. 그러나 최초의 움직임이 시작되는 순간에 마음은 이미 미지의 축제를 '불가침'의 권리("축제의 면책 특권")로 스스로에게 부여하고, 붕붕거리는 열망("대지 위를 나는 꿀벌의 마음")은 대지의 아득한 지평에 가닿는다.

이 미친 감옥 같은 세상에서 절대로 부식하지 않는 마음을
지닌 강이여,
우리를 항상 격렬하게, 지평선 위를 나는 꿀벌들의 친구로
남게 해 다오.(「소르그강」)

집 주위를 선회하며 기쁨을 노래하는 명매기, 너무 큰 날개를 가진 명매기. 마음도 그와 같다.
(…)
명매기를 담을 수 있는 눈은 없다. 울음소리, 그게 명매기의 존재 전체다. 대단치 않은 소총 한 자루면 명매기를 떨어뜨릴 수 있다. 마음도 그와 같다.(「명매기」)

"미친 감옥 같은 세상"을 지배하는 생성의 시간("강") 깊은 안쪽에 결코 소멸하는 법이 없이 남아, 트인 공간에서 숨 쉴 수 있기를 열망하는 씨앗 같은 것―'마음'은 항상 '지금 이곳'의 가능성의 한계를 넘어선다. 떠나고 싶은 '격렬한' 욕망("너무 큰 날개")은 항상 미지의, 비가시적인("명매기를 담을 수 있는 눈

은 없다.") 공간을 위해 '대지-감옥'을 부정하게 만든다. 그러나 그 부정을 통해 마침내 긍정되는 것은 대지 자체다. 우리 인간이 결코 머무를 수 없는, 미지의, 불가능한 공간을 꿈꿀 때만 대지는 감옥이기를 멈추는 것이다. '대지-감옥'을 거주할 수 있는 공간으로 만들어 주는 것은 어떤 의미에서 '감옥'과 '지평' 사이의 강렬한 모순 자체다. 달리 말하면, '마음'은 절대적인 타자의 존재를 '부재-현존'("울음소리")의 방식으로 대지에 결합시킨다("집 주위를 선회하면서 기쁨을 노래하는 명매기").


## 혼례 또는 만남

"여인은 설명하고, 수인은 귀 기울인다."(「히프노스 단장」, 178) '시인-저항 운동가'의 침묵과 인내를 가능케 해 주는 것은 '자신의 행동 속에 시와 사랑이 함께 있음'에 대한 그의 확고한 믿음이다. 그리고 그 구절은 전쟁 직전 시기(1938)에 발표된 시 「혼례의 얼굴」의 마지막 구절, "여인은 숨 쉬고, 남자는 서 있다."라는 구절과 호응 관계에 있다.

돌이킬 수 없는 일의 내밀한 결말.

여기 죽은 모래가 있고, 여기 구해 낸 몸이 있다.
여인은 숨 쉬고, 남자는 서 있다.(「혼례의 얼굴」)

시 「혼례의 얼굴」은 『격정과 신비』에서는 보기 드물게 12연 63행으로 이루어진 장시에 속한다. 같은 시집에서 '초현실주의적인 어법'의 흔적이 가장 많이 남아 있는 시편 중의 하나이기도 하다. 위의 인용은 불규칙하고 단속적인 형태의 자유시로 이어지던 시의 흐름을 마감하고 있는 시의 마지막 3행이다. 시 전체를 통해 그려지던 '거칠고 혼란스럽고 격렬한 어둠 속의 작업'이 마침내 도달하게 되는 단호하고 단순한 귀결, 그 완결성의 의미 효과를 잘 나타내 주는 시구라고 할 수 있다.

그러나 남성성과 여성성 사이의 결합이 그 시의 주제라고 한다면, 인용된 구절이 주는 '완결성'의 의미 효과 이면에는 여전히 어떤 불균형과 미완결의 느낌이 남아 있다. 그 느낌의 많은 부분은 '여인'과 '남자' 각각의 술어로 사용되어 대구를 이루고 있는 '숨 쉰다'라는 동사와 '서 있다'라는 동사 사이의 의미론적 비대칭에서 생겨난다. 요컨대 '남자의 단호한 직립', 먼 곳으로 시선을 들어 올리며 금방이라도 떠날 채비를 하는 듯한 남자의 '자세'가 문제다. '여인'이 자유롭게 숨 쉬는 순간이 행복한 결합의 순간인 동시에 비극적인("돌이킬 수 없는") 분리의 순간이 아닌가 하는 느낌을 주기 때문이다. 그런데 기실은 그 애매성과 모호함이야말로 샤르의 시에서 '나'와 '당신' 사이의 관계를 특징짓는 '신비롭고 역설적인 경험'의 요체라고 할 수 있다.

당신의 얼굴은—지금 이대로, 언제나 변함없기를—너무나 자유로워서, 그 얼굴에 닿으면 대기의 무한한 가장자리

가 나를 만나려 슬며시 벌어지며 주름이 졌고, 상상의 아름
다운 구역들을 내게 옷 입혀 주었습니다. (…)
(…) 그러나 당신 뒤에 꼭 살아남아야 할 자격이 내게 있을
까요? 이 당신의 노래 속에서 스스로가 나 자신과 가장 덜
닮았다고 생각하는 내가.(「르나르디에르의 매혹」)

내 사랑이여, 내가 태어났다는 건 별로 중요하지 않다. 그
대는 내가 사라지는 자리에 나타나니까.(「뱀의 건강을
위해」, 17)

  만남이 어떤 대상을 향해 떠나는 자에게만 가능하듯이, 샤르
가 말하는 '혼례'는 '나'와 '당신'이 주관/객관, 구체/추상 등등
의 대립적인 범주에서 벗어나는 '경계'("무한한 가장자리", "슬
며시 벌어짐", "주름")의 '지점-순간'에만 가능하다. '나-주체'
는 '당신-타자'의 자장이 자신을 채울 수 있도록("상상의 아름
다운 구역들을 내게 옷 입혀 주었습니다.") 스스로를 비워야 하
고, 또한 '나'를 채워 오는 그 미지의 이타성("당신의 노래")이
'나'와는 다르다는 것을 인정("이 당신의 노래 속에서 스스로가
나 자신과 가장 덜 닮았다고 생각")해야 한다. 다시 말해서, 샤
르가 묘사하는 '혼례의 공간'은 '나'의 개별성이 비개성적인 남
성성("남자") 속으로 지워지는 순간에 "여인"의 근본적 무차별
성과 복수성이 '당신-숨결'의 구체성으로 드러나는 공간이다.
요컨대 매혹과 도취의 순간이면서 동시에 절망적인 불가능을

확인하게 되는 순간, 그럼에도 또다시 새로운 혼례를 향해 '먼 곳'으로 시선을 들어 올려야 하는 순간이 바로 혼례의 순간인 셈이다. 그런 점에서, 시인은 "매혹적인 불가능"(「엄격한 분할」, 47)을 유일한 희망으로 먹고사는 "불가능의 영주"(「나는 고통에 거주한다」)를 자처한다.

> 낙담과 신뢰, 변절과 용기를 동시에 느끼는 특권을 누리는 나, 나는 **만남의 예각** 말고는 그 누구도 기억에 담아 두지 않았다.
>
> (…)
>
> 당신이 투박한 송가(頌歌)의 문을 넘어서는 오늘에야, 알몸의 그대, 누구보다도 아름다운 모습의 그대가 여기 있다. 공간은 영원히 단호하게 번쩍이는 이별, 보잘것없는 이 반전(反轉)인가? 그러나 그러리라는 걸 예견하면서도, 나는 당신이 살아 있음을 단언한다. 그대의 행복과 나의 고통 사이에 밭고랑이 환하게 드러나고 있으니까. 내가 그대를 들어 올릴 때, 침묵과 함께 열기가 되돌아올 것이다, 생기 없는 여인이여.(「한결같은 재화」)

'당신'의 절대적 이타성은 당신과의 '만남의 예각'만을 '나'에게 남기고 찰나의 순간에 "번쩍이는" 섬광처럼 사라져 버린다. 그러나 모든 형태의 드러남으로부터 그녀가 빠져 달아나는 순간이 다름 아닌 그 여성성의 신비가 '알몸의 아름다움'으로 스스로를 드러내는 순간이기도 하다. 그래서 '나'는 "낙담과 신뢰, 변절과 용기를 동시에 느끼는" 것을 자신의 "특권"이라고 말할 수 있게 된다. 다시 한번 뒤집어 말하면, 침묵과 욕망의 열기에 의해 달궈진 무의 어둠으로부터 존재가 환한 공간 속으로 들어 올려지는 순간("내가 당신을 들어 올릴 때")은 동시에 존재의 본질이 스스로를 은폐하는 순간이기도 하다.

> "사랑해"라고, 바람은 자기가 살게 해 주는 모든 것을 향해 거듭 말한다,
> 나는 너를 사랑하고 너는 내 안에 산다.(「거기 아무것도 변한 것이 없도록」, 9)

바람과 바람이 사랑하며 살게 해 주는 것 사이의 관계가 '나/당신'의 연인 관계를 복합적으로 보여 준다. '당신'을 살게 해 주는 것은 '나'지만, 정확한 의미에서 '나'와 세계 전체("모든 것")를 살게 해 주는 것이 바로 '당신'이다. 바람이라는 이미지가 그런 것처럼, '당신'은 현존하는 부재다. 그럼으로써 '나'와 '당신'은 서로가 서로에게 주인이자 손님인 복합적인 관계 속으로 들어가게 된다.

샤르적인 만남의 순간을 서정적인 어조로 그리고 있는 시 「바람과의 작별」에서는 '당신-여인'이 "향기를 빛무리로 거느린 등불"에 비유된다. 바람, 향기, 빛의 번짐—결국 샤르의 시에서 '당신'이라는 단어는 일종의 지시사(déictique)처럼 기능

한다고 말할 수 있다. 절대적인 타자의 존재를 명명하지 않고 그저 '가리켜' 보이기만 하면서 주체와 타자 사이에 일종의 공모 효과를 만들어 내는 기능, 혹은 즉각적이고 구체적인 현존의 효과 속으로 타자를 끌어들이는 기능이 바로 그것이다. 미지와의 '결합-분리'가 이루어지는 순간의 "구체화되면서 증발해 버리는 그 깊이의 감각, 그것은 말로 표현할 수 없"(「히프노스 단장」, 189)기 때문이다.

그저 '호흡, 숨결, 생기'만으로 남자를 대지 위에 굳건히 설 수 있게 해 주는 여성성의 존재, 그러나 또한 숨결만으로 그 존재와의 동행('함께 있음')을 확신해야 한다는 점에서 남자의 고독과 불안과 초조함의 이유이기도 한 여성성의 존재―그 존재에 대한 욕망을 샤르는 시 또는 사랑이라고 불렀다.


자연의 학교


샤르의 시학을 형성한 경험의 학교들 중에는 초현실주의나 레지스탕스의 학교보다 좀 더 근본적인 학교, 고향 프로방스에서의 유년의 기억과 결부된 '자연의 학교'가 있다. 그의 시, 특히 전쟁과 레지스탕스 시기 이후의 시에는 그의 고향인 프로방스의 지명들과 인명들이 부쩍 자주 등장한다. 독자의 입장에서 그 이름들은 시인 개인의 구체적인 삶의 경험 속에 닻을 내리고 있는 낯선 이름들일 수밖에 없지만, 시와 사랑의 이름으로 시인이 수행하는 싸움의 맥락 속에서 그 이름들은 삶과 역사에 대한 그의 전망이나 시학을 함축적으로 보여 주는 은유적 형상들로 기능한다.

## 루이 퀴렐과 대지

샤르의 시에서 자연은 복고적인 향수나 낭만적인 추억의 공간이 아니다. 샤르에게 자연은 가장 구체적이고 생생한 삶의 장소이자, 물질적 진보라는 '터무니없는 미신'의 폭력에 맞서 싸우는 저항의 버팀목이고 '일용할 양식'의 저장고다.

> 강이여, 네게서 대지는 전율이고, 태양은 불안이다.
> 가난한 자들이 저마다 밤의 어둠 속에서 너의 수확물로 빵을 만들게 하라.(「소르그강」)

인간은 생존을 위한 빵을 자연에서 얻는다. 그런데 물질문명과 기술의 진보는 인간이 자연으로부터 빵을 얻는 방식을 획기적으로 바꾸어 놓았고, 그럼으로써 자연과 세계에 대한 인간의 관계와 경험을 극적으로 변화시켰다. 인간의 거처인 '자연-세계'는 인간에게 한없이 낯설고 적대적인 것으로 변했고, 그럼으로써 인간 또한 인간다움의 품격을 잃어 가고 있다. 샤르의 시에서 예컨대 '빵과 물고기'는 인간의 생존에 절대적으로 필요한 양식(糧食)인 동시에, '세계 내 존재'로서의 인간의 존재 의미에 필수 불가결한 '삶의 양식(樣式)'을 가리키는 은유이기도 하다. 인간은 '자연-세계'라는 거처를 상실함으로써, 예수의 산상수훈 일화에 나오는 '기적의 빵과 물고기'도 잃어버렸다. 물론 샤르가 말하는 빵과 물고기는 종교적 초월성과는 무관하게, '자연-세계'의 생성과 변화('강')의 갈피들 속에서 인간이 읽어내는 어떤 정신적 자양(慈養)(내재적 초월성)의 은유들이다.

'자연-세계' 속에서 생존을 위한 빵과 물고기를 얻으면서 동시에 '기적의 빵과 물고기'도 얻기 위해서는 이성의 합리적 계산을 훨씬 초과하는 능력이 필요하다. '자연-세계'의 생성의 율법은 예측 불가이자 계산 불가능이기 때문이고, 계산하고 예측하지 않는 한에서만 인간에게 '일용할 빵의 얼굴'('신비의 얼굴')을 보여 주기 때문이다. 샤르는 고향의 자연 속에서 살아가는 사람들의 단순하고 소박한 삶에서, 그런 능력 즉 '자연-세계'의 율법과 신비에 대한 신뢰와 사랑의 기술을 배웠다.

피와 땀이 개시한 투쟁은 저녁때까지, 그대가 귀가할 때까지, 가장자리가 점점 더 넓어지는 고독 속에서 계속될 것이다. (…) 소르그강이여, 그대의 어깨는 펼쳐진 책처럼 자신이 읽은 것을 퍼뜨린다. 아이였을 때, 그대는 탈주하는 바위산에 무늬 말벌이 그려놓은 길 위에 핀 꽃의 약혼자였다……. 오늘 그대는 몸을 숙이고, 대지의 자력(磁力)으로부터 수많은 개미들의 잔인함을 추출하여 그대의 가족들과 그대의 희망을 짓밟는 수백만의 살인자들로 던져 놓은 박해자의 단말마를 지켜본다. (…)

호밀밭에, 일제사격 당한 합창대 같은 들판에, 구해 낸 들판에, 지금 한 남자가 서 있다. (「소르그강의 루이 퀴렐」)

　샤르는 대지와 자연이 우리 인간 앞에 제시하는 온갖 난관들과 투쟁하면서도 땅, 하늘, 강, 바람과 거의 혼연일체가 되어 살아가는 '단순한 사람들'을 사랑하고 존경했다. 인용된 시의 제목에 등장하는 루이 퀴렐 또한 그런 사람들 중의 하나다.
　시골 들판의 농부는 고된 '노동의 땀'을 통해 '자연-세계'를 자신의 '거처'로 만들 줄 안다. 자연이라는 '책'에서 생성의 율법을 읽어 낼 줄 알기 때문이다. 인용된 시에서 '시인-관찰자'는 저녁이 오기까지 들판에서 일하는 루이 퀴렐의 '단단한 어깨'라는 책 너머로 그 율법을 배운다. 루이 퀴렐의 삶 속에서 강과 인간, 대지와 인간은 '거의' 하나다. 그래서 루이 퀴렐은 인간이라는 이름에 값하는 인간이고, 시인에 의해 "언제나처럼 충직한 장로(長老)"(「소르그강의 루이 퀴렐」)라는 호칭을 부여받는다. 그것은 "피와 땀"을 통해 배운 지혜가 가능케 해 주는 삶의 양식(樣式)이고, 자연·대지·하늘의 가장 미세한 변화의 기미에도 세심하게 눈길을 주는 자("바위산에 무늬 말벌이 그려 놓은 길 위에 핀 꽃의 약혼자")만이 얻을 수 있는 신비의 양식(糧食)이다.
　다만 시인과 마찬가지로, 역사의 폭압에 맞서 대지와 자연이 지닌 그 신비의 양식을 지켜 내는 마지막 수호자라는 점에서 ("가장자리가 점점 더 넓어지는 고독", "일제사격 당한 합창대 같은 들판에, 구해 낸 들판에, 지금 한 남자가 서 있다"), 루이 퀴렐 또한 '고독한 저항자'다.

### 강의 시학: 이행과 산포

프로방스 지방에 있는 샤르의 고향 일쉬르소르그(L'île-sur-Sorgue)는, 그 지명이 말해 주듯, 소르그강이 흐르는 작은 읍이다. 소르그강은 그의 시에서, 대부분의 다른 장소들이나 인물들과 마찬가지로, 현실의 물질성과 두께를 간직하면서도 동시에 시적 은유의 공간으로 작동한다. 그리고 은유로서의 '강'은 거의 '운명의 기호'처럼 그의 시 세계에 각인되어 있다.

> 단숨에, 길벗도 없이, 너무 일찍 떠난 강이여,
> 내 고장의 아이들에게 네 열정의 얼굴을 주렴.
> (…)
> 이 미친 감옥 같은 세상에서 절대로 부식하지 않는 마음을 지닌 강이여,
> 우리를 항상 격렬하게, 지평선 위를 나는 꿀벌들의 친구로 남게 해 다오.(「소르그강」)

소르그강은 발원지를 알 수 없는 강이다. 샤르가 태어난 곳에서 몇 킬로 떨어진 장소인 퐁텐느 드 보클뤼즈의 바위 동굴로부터 대번에 하나의 온전한 물줄기가 되어(한 연구자의 비유를 빌리자면, "터널을 빠져나오는 기차처럼") 흘러나오기 때문이

다. 또한 "나의 운명"이라는 부제가 달린 샤르의 초기 시 「어머니-강(Eaux-mères)」에서는 소르그강이 "그 흐름으로 하상을 파면서, 구불거리지 않고 곧장, 나를 향해 나아오는 드넓은 강"(갈리마르판 전집, 50쪽)으로 묘사된다. 미리 나 있는 하상을 따라 흐르지 않고 스스로 길을 내며 흘러가는 강, 그 흐름의 진행 방향을 예측할 수 없는 강으로 형상화되어 있는 셈이다.

그렇게 샤르의 강은 '두 개의 미지(기원과 지평) 사이에 걸쳐 있는 흐름-운동'으로 형상화되고, 결국 시작도 끝도 알 수 없는 '생성의 시간'에 대한 은유로 기능하게 된다. 예컨대 우리의 삶을 실어 가는 쉼 없는 지속의 시간, 그 기원은 어디이고 그 도달점은 어디인가. 아마도 그런 질문이 고향의 풍경 속에서 소르그강을 바라보며 어린 시절의 시인이 떠올린 소박하면서도 근본적인 질문이었을 것이다. 강은 정지와 휴식을 알지 못한다. "절대로 부식하지 않는 마음"의 그 강력한 힘으로 물레방아를 돌려 지상의 양식을 만들어 주기도 하고, 아이들의 마음을 미지의 지평에 대한 열망("지평선 위를 나는 꿀벌들의 친구")으로 달아오르게 하여 정지와 고착에서 벗어나게도 해 준다.


우리는 불어나는 강물이 우리 앞에 흐르는 것을 보고 있었다. 강물은 단숨에 산을 지워 버리면서, 어머니 같은 산허리에서 빠져나왔다. 그건 운명에 자기를 내맡기는 급류가 아니라, 우리가 그 말과 실체가 되어 버린, 말로 표현할 수 없는 짐승이었다. 반해 버린 우리를 강물은 그 강력한 상상력의 활 위에 붙잡아 두었다. 도대체 무엇이 우리를 강제할 수 있었겠는가? 일상의 범속함은 사라졌고, 흘린 피는 열기를 되찾았다. 트인 공간에 받아들여지고, 보이지 않을 정도로 연마된 우리는, 절대로 끝나지 않을 승리였다.(「최초의 순간들」)

산허리의 숨겨진 어둠에서부터 시작되어 점점 불어나는 강물의 흐름 앞에 '우리'는 서 있다. "어머니 같은 산허리"에서 기원하지만 이내 그 "산을 지워" 버리는 흐름의 도저함이 '우리'를 사로잡는다. 이제 스스로의 운명에 맹목적으로 몰두해 있는 강물("짐승")과 미지의 자기 운명을 꿈꾸는("강력한 상상력의 활") '우리' 사이에는 아무런 간극도 없다. 다시 말해서 강물의 흐름 앞에서 꿈꾸는 미지의 운명과 '우리' 사이에는 전적인 자발성("무엇이 우리를 강제할 수 있었겠는가?")의 관계가 있을 뿐이다. 그런데 그것은 실존의 차원에서는 "일상의 범속함"으로부터 벗어나는 것을 의미하지만, 시학의 차원에서는 일종의 모험이 시작된다는 것을 의미한다. '나'가 협소한 자아로부터 빠져나와 스스로를 미지의 비개성적인 물결 속으로 밀어 넣는 순간은 말과 침묵 사이의 모순이 극도로 첨예해지는("우리가 그 말과 실체가 되어 버린, 말로 표현할 수 없는 짐승") 순간이기도 하기 때문이다.

미지에 대한 욕망의 열기가 되살아나고 '나'가 "트인 공간"에 받아들여지는 순간, 주체는 상실의 위험에 처한다. 다만 그 위험을 영원한 '승리'의 조건으로 수락함으로써, 물결의 흐름에 씻겨 지워지고 지평의 아득함 속에 편입됨으로써, 다시 "품격을 되찾은 인간"(「뱀의 건강을 위해」, 26)과 대지의 삶이 가능해진다. 그때 '승리'란, 매번 새롭게 미지의 가능성으로 전환되는 '기원'의 항구성을 의미할 뿐이다. 인용된 시에서 추억의 형식으로 그려지고 있는 유년의 체험이 온전히 하나의 은유로 바뀌면서 드러나는 것이 바로 그것이다. 시의 제목인 "최초의 순간들"이 말해 주듯, 유년의 그 첫 경험이 새롭게 반복되는 경험들로 지속의 시간 위에 '뿌려짐'으로써, 모든 현재의 순간들이 '끊임없는 시작'의 순간들로 반복됨으로써, 운명에 대한 샤르식의 "승리"가 가능해진다. 그러나 그 승리는 여전히 패배와 잘 구별되지 않는다. 싸움의 대상이 인간의 존재론적 조건 자체이기 때문이다.

무수한 단편들이 나를 찢는다. 그리고 형벌 같은 고통은 똑바로 서 있다.(「거기 아무것도 변한 것이 없도록」, 5)

지금 그들은 자신들의 미래의 나라에 앞서 오고 있었고, 아직 그 미래의 나라에는 이제 막 노래를 시작한 그들의 화살 같은 입밖에 들어 있지 않았다. 그들의 갈망은 즉각적으로 대상을 만났다. 그들은 의문의 대상이 되지 않는 시간에 편재의 능력을 부여했다.(「수정 같은 이삭이 그 투명한 수확물을 한 알 한 알 풀밭에 떨어뜨린다」)

강이 그런 것처럼, 시인-저항자의 삶은 끊임없는 이행일 뿐이다. 마치 밭갈이하듯 세계의 단단한 표면에 틈과 균열을 내며 걸어가는 그의 '직립 보행'에서는 일종의 비장함마저 느껴진다. 그럴 때, 시인의 의식은 기원과 지평 사이의 긴장으로 팽팽하게 당겨진 '활시위'에 비견될 수 있다. 시위를 떠난 말들은 "천변만화하는, 순간적으로 우리를 장악하고 이내 스러지는 시"(「엄격한 분할」 52)에 의해 섬광처럼 파열한다. "갈라져 터지는 석류, (…) 환희를 펼치는 여명"처럼 자유로운 "당신의 노래"(「르나르디에르의 매혹」)—시인은 그 노래의 '자유로운' 원심력을 팽팽하게 긴장한 의식의 구심력에 의해 하나의 문장 안에 봉인해 넣으려고 시도한다.

샤르의 단장과 아포리즘 중에는 "시는 (…)"이라는 표현으로 시작되는 것들이 아주 많다. 시의 아포리아적 구조를 전적으로 인정하면서도 시의 정당성과 당위성을 최대한 명확하게 규정해 보려는 시도의 결과물로 이해할 수 있다. 철학자 모리스 블랑쇼는 샤르의 시가 지닌 '위대함'과 '탁월함'을 "그의 시가 시에 대한 시, 시가 무엇인지에 대해 밝혀 주는 시"라는 점에서 찾기도 했다. 독자의 입장에서는 샤르의 그런 비장함이 때로 약간 거북하게 느껴지는 것도 사실이다. 그렇지만 샤르의 어떤 아포리즘들은 우리에게 아름답다는 느낌(사유를 촉발하는 어떤 울림)을 준다.

한 편의 시는 욕망으로 머무는 욕망의 실현된 사랑이다.
(「엄격한 분할」, 30)

세상에 와서 아무것도 뒤흔들어 놓지 못하는 것은 존중받을 자격도, 인내하며 기다릴 가치도 없다.(「뱀의 건강을 위해」, 7)

네 집과 혼인하되 혼인하지 마라.(「히프노스 단장」, 34)

시는 모든 맑은 강물 중에 제 위에 비친 다리의 영상에 가장 덜 지체하는 강물이다.
시, 품격을 되찾은 인간 안에 있는 미래의 삶.(「뱀의 건강을 위해」, 26)

그의 아포리즘들이 아름답게 느껴지는 것은 시와 사랑의 근본적인 '불가능'에 맞서는 의식의 팽팽한 긴장, 이 글의 서두에 시 언급한 바 있는 '아포리아에 대한 치열한 명석성' 때문일 것이다. 또는 단호하고 간결한 문장들 속에 '불가능'이 역설의 수사(修辭) 형태로 남겨 놓은 상처와 균열의 흔적 때문일지도 모르겠다.
어쨌든 이 모든 역설은 '강'의 숙명과 관련된 샤르 시학의 필연적인 귀결이라고 할 수 있다. 강은 맹목의 미래를 향해 스스로를 구축(構築)하지만 다음 순간 이내 스스로를 부정한다. 그리고 강의 그런 운명은 매 순간 새로운 익명성을 향해 스스로를 부정할 수밖에 없는 시적 주체의 몫이기도 하다. 흔히 말하는 샤르의 '순간의 시학'에서 순간은 단단한 결정의 순간이자 파열의 순간이다. 과거와 미래, 기원과 목표 사이에서 찢겨 있으면서도, 프랑스 비평가 장 베시에르(Jean Bessière)가 "분열의 통일성"이라 이름 붙인 역설 속에 그 양자를 응축·결합하고 있다는 점에서 그렇다. 인간의 모든 행보는 무한히 생성과 소멸을 반복하겠지만, 시는 인간과 세계를 매번 새로운 지평 안에서 숨 쉬게 해 준다. 그리고 바로 그것이 시인 샤르가 지키고자 했던 휴머니즘의 실질적인 내용이라고 할 수 있다.


번역 후기

『격정과 신비』의 제일 마지막에 실린 시 「단심(丹心)」은 이런 구절로 끝이 난다. "도시의 거리에 내 사랑이 있다. (…) 이제 내 사랑은 더 이상 내 사랑이 아니고, 모두가 내 사랑에게 말을 걸 수 있다. 내 사랑은 이제 기억하지도 못한다. 정확히 누가 자기를 사랑했고, 자기가 넘어지지 않도록 누가 멀리서 불빛을 비춰 주는지." 시집에 실린 대부분의 다른 시들과 달리, 이 시의 어투는 상대적으로 꽤나 쉽고 서정적이다. 반복되는 "내 사랑"이라는 호칭 속에는, 마치 먼 도시에 자식을 떠나보낸 어버이의 심정처럼, '일편단심'이면서도 복잡미묘한 애정이 담겨 있다. 아무래도 그 "사랑"은 시인의 손을 떠난 시편들을 가리키는 호칭처럼 보이고, 이제 그 시들은 시인의 소유가 아니라 저잣거리를 오가는 '모든 사람들'의 대화 상대가 되었다는 내용의 시처럼 보인다.

그러나 독자들의 입장에서, 샤르의 시들은 일반적으로 아주 무뚝뚝하고 성마른 대화 상대로 느껴지는 것이 사실이다. 그렇다고 하더라도, 번역의 과제는 '전달'의 과제이고 시 번역의 과제는 '시의 전달'이라는 과제임에 틀림없다. 그런 점에서 르네 샤르의 『격정과 신비』를 우리말로 번역하는 것은, 번역자의 입장에서, 거의 무모한 시도에 가까웠다. 외국 문학 연구자로서 외국 시인의 시에 관해 연구 논문을 쓰는 것과 그 시인의 시집을 온전히 우리말로 번역하는 것은 근본적으로 성격이 아주 다른 작업이다. 논문 쓰기에 비해 번역은 훨씬 더 '정직한 작업'이라고 할 수 있다. 요컨대 이 시집에 번역된 샤르의 시편들이 그의 '시'를 독자들에게 제대로 전달해 줄 수 있을지 솔직히 자신이 없다. 그나마 시집 말미에 번역자가 붙여 놓은 이 해설이 그의 시의 전반적인 지형을 이해하는 데 작은 도움이 되기를 바랄 뿐이다.

마지막으로, 원본을 대조해 가며 번역문을 꼼꼼하게 교열해 주신 박지행 선생께 감사드린다. 밝은 눈으로 터무니없는 오역 몇 개를 바로잡아 주셨고, 부분부분 어설픈 표현들도 적절히 다듬어 주셨다.

## 판본 소개

이 번역 시집은 프랑스 갈리마르 출판사의 1967년 판본(René Char, *Fureur et mystère, Préface d'Yves Berger*, Paris, Editions Gallimard, 1967)을 우리말로 옮긴 것이다.

갈리마르 출판사에서 『격정과 신비(*Fureur et mystèr*)』가 처음 출간된 것은 1948년이다. 그 시집에는 이미 단행본으로 나왔던 『혼례의 얼굴(*Le Visage nuptial*, 1938)』, 『유일하게 남은 것들(*Seules demeurent*, 1945)』, 『히프노스 단장(*Feuillets d'Hypnos*, 1946)』, 『가루가 된 시(*Le Poème pulvérisé*, 1947)』와 함께 『당당한 맞수들(*Les loyaux adversaires*)』, 『엄격한 분할(*Partage formel*)』, 『이야기하는 샘(*La Fontaine narrative*)』이 처음으로 수록되었다.

# 르네 샤르 연보

**1885** 장차 르네 샤르의 아버지가 될 에밀 샤르와 쥘리아 루제의 결혼.
쥘리아 루제는 이듬해에 결핵으로 사망.

**1888** 에밀 샤르는 첫 번째 아내였던 쥘리아의 동생 마리-테레즈 루제
와 재혼. 부부는 1889년부터 1900년 사이에 맏딸 쥘리아를 포함
하여 네 명의 자식 출산.

**1907** 6월 14일, 일쉬르소르그(L'Ile-sur-Sorgue)에서 르네 샤르 출생.
대모였던 루이즈 로즈는 사드 후작의 공증인의 후손. 후일 샤르
는 루이즈 로즈의 장서 속에서 사드의 자필 편지들을 발견.

**1918** 아버지 에밀 샤르 사망. 사망 당시 에밀 샤르는 석회 제조·판매상
이면서 일쉬르소르그의 시장.

**1923** 아비뇽고등학교에 기숙생으로 입학.

**1925** 마르세이유의 상업 학교에서 학업을 이어감. 플루타르크, 비용,
라신, 독일 낭만주의 작가들, 비니, 네르발, 보들레르 등의 작품을
읽음.

**1927** 님(Nîmes)에서 18개월간 포병으로 복무.

**1928** 1927년부터 1932년까지 동명의 문예지를 발간했던 출판사 '적

과 흑(Le Rouge et le Noir)'에서 시집『내 마음의 종(*Les cloches sur le cœur*)』출간. 샤르는 그 시집의 대부분을 폐기 처분.

**1929** 일쉬르소르그에서 앙드레 카야트와 함께 잡지『메리디앙(*Méridiens*)』발행. 8월에 시집『병기창(*Arsenal*)』을 고향에서 비매품으로 출간. 샤르는 그 시집을 폴 엘뤼아르에게 보냈고, 그해 가을 엘뤼아르가 일쉬르소르그로 샤르를 방문. 10월 말 샤르는 파리에 가서 앙드레 브르통, 루이 아라공 등을 만났고, 그 직후부터 초현실주의 운동에 가담.

**1930** 브르통과 엘뤼아르의 콜라주가 전면 삽화로 사용된 시집『비밀들의 무덤(*Le Tombeau des secrets*)』을 님(Nîmes)에서 비매품으로 출간. 연금술 관련 서적, 소크라테스 이전 철학자들, 랭보와 로트레아몽 등을 읽음. 4월에 브르통, 엘뤼아르와 공동 작업한 시집『감속, 공사 중(*Ralentir Travaux*)』출간. 잡지『혁명에 복무하는 초현실주의』1호와 2호에 각각 한 편씩의 글을 발표.「초현실주의 2차 선언」에 서명.

**1931** 초현실주의 그룹과 함께 여러 개의 팸플릿(달리와 부뉴엘의 영화 〈황금시대〉에 대한 지지 선언, 파리 식민지 전시회에 대한 반대 선언, 스페인 혁명 운동에 대한 지지 선언 등)에 서명. 7월에 시집『정의의 효력은 소멸했다(*L'action de la justice est éteinte*)』출간. 잡지『혁명에 복무하는 초현실주의』3호와 4호에 글을 발표.

**1932** 사드 후작이 살았던 고향 인근의 소만(Saumanes)에 체류. 조르제트 골드슈타인과 결혼.

**1933** 초현실주의 잡지『미노토르』에 참여하기를 거부.

**1934** 시집『주인 없는 망치(*Le Marteau sans maître*)』출간. 트리스탕 차라가 그 시집의 서평 의뢰문 작성. 브르통이 주창한 '반파시스트 투쟁 선언'에는 동참했지만, 브르통의 '교조적 초현실주의'에서는 결정적으로 멀어지기 시작.

**1936** 스페인 내전 발발. 패혈증으로 세레스트(Céreste)에서 요양. 시집

『첫 번째 방앗간(Moulin premier)』 출간.

1937  1926년 크리스티앙 제르보스(Christian Zervos)가 창간한 문예지
『카이에 다르(Cahier d'art)』의 편집에 관여. 시집 『학동들의 에
움길을 위한 격문(Placard pour un chemin des écoliers)』 출간
(샤르는 그 시집을 스페인 내전에서 희생된 아이들에게 헌정).

1938  나치 독일의 오스트리아 합병. 스페인 내전 종결. 시집 『바깥에
어둠이 지배되고 있다(Dehors la nuit est gouvernée)』 출간. 시
「혼례의 얼굴(Le visage nuptial)」을 단행본으로 발표.

1939  문예지 『카이에 다르』에 시 「올리브 세례를 퍼붓던 아이들
(Enfants qui cribliez d'olives)」을 발표(피카소의 데생을 삽화로
사용). 제2차 세계 대전 발발. 님의 포병 부대에 소집되어 1940년
5월까지 알자스 지방에서 복무.

1940  휴전 협정 조인과 함께 6월에 소집 해제되어 고향 일쉬르소르
그로 돌아감. 비시 정권하에서 극좌파로 지목되어 세레스트에
은신.

1941  세레스트, 일쉬르소르그, 엑스(Aix), 아비뇽 등지의 항독 레지스
탕스 운동가들과 접촉.

1942  지하 레지스탕스 운동에 본격 가담하여 '알렉상드르'라는 가명
사용.

1943  대위 계급으로 레지스탕스 부대의 '연합군 낙하산 착륙 지원 부
서'의 도(道) 책임자로 활동.

1944  야간 임무 수행 중에 낭떠러지에서 추락하여 팔이 골절되는 부
상을 당함. 알제리의 알제로 전출되어 약 한 달 동안 연락장교
로 활동.

1945  해방과 함께 시집 『유일하게 남은 것들(Seuls demeurent)』 출간.

1946  갈리마르 출판사의 〈희망〉 총서(책임 편집자는 알베르 카뮈)
로 『히프노스 단장(Feuillets d'Hypnos)』 출간. 조르주 무냉
(Georges Mounin)이 비평서 『샤르를 읽어 보셨나요(Avez-vous

*lu Char?*)』출간. 철학자 모리스 블랑쇼(Maurice Blanchot)가 문예지『비평(*Critique*)』에 비평문「르네 샤르」발표.

1947  시집『가루가 된 시(*Le Poème pulvérisé*)』출간.

1948  르네 샤르의 시 두 편에 작곡가 피에르 불레즈(Pierre Boulez)가 곡을 붙인「강의 태양(Le Soleil des eaux)」(성악과 오케스트라를 위한 칸타타)의 최초 라디오 공연. 9월에 갈리마르 출판사에서 시집『격정과 신비(*Fureur et mystère*)』출간.

1949  아내 조르제트 골드슈타인과 이혼.

1950  시집『아침 일찍 일어나는 사람들(*Les Matinaux*)』출간. 조르주 바타유가 잡지『카이에 드 레른(*Cahier de l'Herne*)』에「작가가 마주하는 양립 불가능성들에 대해 르네 샤르에게 보내는 답장(Lettre à René Char sur les imcompatibilités de l'écrivain)」발표.

1951  고향 마을의 소르그 강가에서 평생을 살아온 벗들을 위해 쓴 연극 대본『강의 태양(*Le Soleil des eaux*)』출간.

1952  엘뤼아르가 심장병으로 사망. 샤르의 고향 어른이자 오랜 벗이었던 루이 퀴렐(Louis Curel) 사망.

1953  후일『말의 군도(*La Parole en archipel*)』에 재수록될 장시「레테라 아모로사(Lettera amorosa)」를 단행본으로 출간.

1954  어머니 사망. 샤르와 누이 쥘리아의 반대에도 불구하고 다른 형제들에 의해 고향의 생가 매각 결정.

1955  시, 단장, 산문들의 모음집『바닥과 정상의 탐색(*Recherche de la base et du sommet*)』출간. 철학자 장 보프레(Jean Baufret)의 주선으로 파리에서 처음으로 마르틴 하이데거와 만남.

1956  작곡가 피에르 불레즈가 곡을 붙인「혼례의 얼굴(Le Visage nuptial)」의 첫 공연.

1957  출판사 '프랑스 도서 클럽(Club français du livre)'에서 출간한 랭보 전집을 편집하고 서문「아르튀르 랭보(Arthur Rimbaud)」를 씀.

1959  독일어로 번역된 샤르의 시 선집『시(*Dichtungen*)』출간. 알베

르 카뮈가 그 번역 시집의 서문을 씀.

1960   알베르 카뮈 사망. 카뮈를 기리는 시 「루르마랭의 영원(L'Eternité à Lourmarin)」 발표.

1962   시집 『말의 군도(La Parole en archipel)』 발간. 샤르와 깊은 우정 관계를 유지해 오던 조르주 바타유 사망.

1963   잡지 『활(L'Arc)』이 르네 샤르 특별 호 발간.

1964   시 선집 『함께 있음(Commune Présence)』 출간.

1965   누이 줄리아 사망. 고향의 오랜 벗 프랑시스 퀴렐 사망. 시집 『시원 회귀(Retour amont)』 출간.

1966   르네 샤르의 초청으로 마르틴 하이데거가 샤르의 고향 인근 토르(Le Thor)에서 첫 번째 철학 세미나 개최.

1967   고향 인근 알비옹 고원 지대에 건설되는 핵미사일 기지 반대 운동에 적극 참여. 피카소의 판화들이 삽화로 사용된 시집 『투명인들(Les Transparents)』 발간. 희곡 3편과 발레 대본 2편을 묶은 『나무 그늘 밑의 연극 세 편(Trois Coups sous les arbres)』 발간.

1968   하이데거가 토르에서 두 번째 철학 세미나 개최.

1969   하이데거가 토르에서 마지막이자 세 번째 철학 세미나 개최.

1970   오랜 우정 관계를 유지해 오던 이본느 제르보스(Yvonne Zervos) 사망.

1971   잡지 『카이에 드 레른(Cabier de L'Herne)』이 르네 샤르 특별 호 발간. 시집 『사라진 힐빗은 자(Le nu perdu)』 출간.

1972   시집 『부적 같은 밤(La Nuit talismanique)』 출간.

1973   아비뇽 교황청에서 열린 피카소 전시회 카탈로그의 서문(「지중해의 여름 계절풍을 받는 피카소(Picasso sous les vents étésiennes)」)을 씀. 피카소 사망.

1976   하이데거의 사망 소식에 산문시 「휴대하기 편한(Aisé à porter)」을 씀.

1977   시집 『발랑드란의 노래(Chants de la Balandrane)』 출간.

1978 심장병 발작.

1979 시집『열리지 않는 창문들과 지붕 위의 문(*Fenêtres dormantes et Porte sur le toit*)』출간.

1981 페트라르카, 셰익스피어, 블레이크, 키츠, 에밀리 디킨슨, 파스테르나크, 만델슈탐 등의 시를 번역가 티나 졸라스(Tina Jolas)와 함께 번역한 시 선집『구멍 뗏목(*La Planche de vivre*)』출간.

1983 갈리마르 출판사가 플레야드 총서로 르네 샤르 전집 출간.

1987 마리-클로드(Marie-Claude de Saint-Seine)와 결혼.

1988 2월 19일 사망. 유고 시집『그저 짐작만 할 수 있을 뿐인 존재에 대한 찬가(*Èoge d'une Soupçonnée*)』출간.

# 새롭게 을유세계문학전집을 펴내며

을유문화사는 이미 지난 1959년부터 국내 최초로 세계문학전집을 출간한 바 있습니다. 이번에 을유세계문학전집을 완전히 새롭게 마련하게 된 것은 우리가 직면한 문화적 상황에 적극적으로 대응하기 위해서입니다. 새로운 을유세계문학전집은 세계문학의 역할이 그 어느 때보다 중요해졌다는 인식에서 출발했습니다. 오늘날 세계에서 타자에 대한 이해는 우리의 안전과 행복에 직결되고 있습니다. 세계문학은 지구상의 다양한 문화들이 평등하게 소통하고, 이질적인 구성원들이 평화롭게 공존할 수 있는 문화적인 힘을 길러 줍니다.

을유세계문학전집은 세계문학을 통해 우리가 이런 힘을 길러 나가야 한다는 믿음으로 만들어졌습니다. 지난 5년간 이를 준비하기 위해 많은 노력을 기울였습니다. 세계 각국의 다양한 삶의 방식과 문화적 성취가 살아 있는 작품들, 새로운 번역이 필요한 고전들과 새롭게 소개해야 할 우리 시대의 작품들을 선정했습니다. 우리나라 최고의 역자들이 이들 작품 속 한 문장 한 문장의 숨결을 생생히 전하기 위해 심혈을 기울였습니다. 또한 역자들은 단순히 번역만 한 것이 아니라 다른 작품의 번역을 꼼꼼히 검토해 주었습니다. 을유세계문학전집은 번역된 작품 하나하나가 정본(定本)으로 인정받고 대우받을 수 있도록 최선을 다했습니다. 세계문학이 여러 경계를 넘어 우리 사회 안에서 주어진 소임을 하게 되기를 바라며 을유세계문학전집을 내놓습니다.

**을유세계문학전집 편집위원단**(가나다 순)
김월회(서울대 중문과 교수)
김헌(서울대 인문학연구원 교수)
박종소(서울대 노문과 교수)
손영주(서울대 영문과 교수)
신정환(한국외대 스페인어통번역학과 교수)
정지용(성균관대 프랑스어문학과 교수)
최윤영(서울대 독문과 교수)

# 을유세계문학전집

을유세계문학전집은 계속 출간됩니다.

# 을유세계문학전집 연표